依然明月照高秋

* 张苏铮

* 叶可曦

* 施秉庄

* 王真

* 洪璞

* 王闲

* 薛绍徽

* 沈鹊应

* 王德愔

* 刘蘅

* 何曦

* 薛念娟

依然明月照高秋

福州近现代才女十二家诗词选

林怡——编选

海峡出版发行集团
海峡书局

序

程章灿
（南京大学文学院教授）

福州是出才女的地方，这么说，并不是出于乡情的个人私见，而是一句大实话。远的不必说，多的不必讲，在现代文学史上，只要举出林徽因和谢冰心这两个名字就足够了。这两位才女的文学才华，震烁文坛，至今名闻遐迩。眼前的这本书，编选的是十二位近现代福州才女的诗词，依照她们的生年先后排列，依次为：薛绍徽、沈鹊应、王德愔、刘蘅、何曦、薛念娟、张苏铮、叶可曦、施秉庄、王真、洪璞、王闲。在我看来，这是一部富有特色的诗词选本。特色之一：书中选录的十二位诗人都是才女，因此可以说，这部诗词选提供了才女文化的独特样本。特色之二：书中选录的十二家都是福州才女，她们之间或为姐妹关系，或为姻亲关系，或有师友渊源，因此，这部诗词选本提供了研究福州地域文化尤其是文学文化的实在案例。特色之三：这部诗词选本的编者林怡教授，博学多闻，出入文史，是一个不折不扣的福州才女，由才女来编选才女诗词，主客之间特有的那种心心相印、惺惺相惜之感，显然是其他人所不可能有的。

这十二位才女所生活的年代，从最早的薛绍徽（1866—1911）到最晚的王闲（1906—1999），时间跨度133年，上自晚清，下至改革开放以后的新时期，其中的核心时段是20世纪。20世纪的中国，经历了庚子之乱、辛亥革命、五四运动、北伐战争、八年抗战、国共内战、新中国成立、十年动乱、改革开放等重大历史事件。对中国人来说，20世纪是一个“四海翻腾”“五洲震荡”的世纪，虽然这个旧世纪早在20年前就已经离我们远去，但它的馀音依然时时在我们耳边回响。这部诗词选本中的十二位近现代福州才女，并没有像古代的闺秀诗人一样，将自己的生活局限于闺门之内，相反，她们中的大多数人都迈出闺门，离开家乡，远游天下，与外部世界多有接触。她们也无一例外地经历了这133年中其他中国人所经历的世乱沧桑，因此，与她们的前辈相比，她们的眼界阅历更加开阔，她们的诗词题材更加丰富，她们的思想心灵也更加开放。

•

林怡说，编选这部诗词选本的目的之一，是要“力图反映十二才女的身世、性情和文采，极个别处略作简注。”据我阅读所见，这个目的是达到了。这些才女诗人经历了晚清及20世纪的世乱沧桑，经历戊戌变法失败的惨痛、福建事变的动荡等等，她们笔下所展现的身世、社会和世界，也不再只是贤妻良母一己生活的小天地，而是与时世密切联系在一起。我特别要提一下本书的简注，虽然为数不多，但往往交代诗作的时事背景，言简意赅，点到即止，显得十分珍贵。十二家中不幸早逝的沈鹊应（1877—1900），是清末重臣沈葆桢的孙女，也是“戊戌六君子”之一的林旭（字暾谷）的妻子，可谓重大历史事件的当事人。她有一首《浪淘沙》，“作于林旭被腰斩在北京菜市口后”。词云：“报国志难酬。碧血谁收？箧中遗稿自千秋。肠断招魂魂不到，云暗江头。绣佛旧妆楼。我已君休。万千悔恨更何尤？拚得眼中无尽泪，共水长流。”简注引郭则沄《清词玉屑》，谓沈鹊应“闻暾谷耗，赋《浪淘沙》述哀，字字沉痛，侍者哀之。”确实，这是一篇“字字血、声声泪”的惨痛之作。王真的词作《自度曲》，有小序云：“去秋闽变，与诸友相率避于淇园，傍晚闲步，即景聊咏自度曲，并寄怀乐幽楼主。”所谓“闽变”，据简注，指的是“福建事变，1933 年 11 月 20 日，李济深、陈铭枢、蒋光鼐、蔡廷锴等人以国民革命军第十九路军为主力，在福建福州发动反叛蒋介石的军事行为，另立政权，次年 1 月 15

日即被蒋介石派军弹压。参与'闽变'的高层人物出走，十九路军在缴械后被解散改编。”简注寥寥数语，就将王真这首词作的时事背景和盘托出，有论世之助。

本书所选十二家才女诗人的作品，包括诗词二体，诗计147首，词计141首，诗词二体数量相当，合计288首。十二家中，只有施秉庄一家未见诗作，这大概不足以说明施秉庄不能诗，而可能只是一时没有找到，故只选录其词作，其他十一家皆有诗有词，可见这些才女名符其实，皆能诗词俱工。

在编选这些作品时，林怡安排的顺序是先诗后词，诗歌之中，“先五言后七言，依绝句、律诗、古风先后排列。所选诸家诗歌未必数体兼备，只选易诵记的佳作。词先小令，后长调。以清丽明畅的小篇短章为主，宏篇长调只得割爱，以便当代读者阅读理解。”这样的安排，充分考虑了读者的需要，设计了“友好的阅读界面”，可圈可点。这里所谓“宏篇长调”，实际上指的是诗，而不是词。实际上，入选的各家词作中，颇见一些长调词作，诸如《水龙吟》《莺啼序》之类的长篇也时或一见。从这些长调词中，可以见到这些才女们的词作造诣。有人说，词之为体，就其艺术个性和美学风格而言，更适宜于女性，因此，词史上才出现了像李清照这样伟大的女词人。福州十二家才女以其丰富多彩的词体创作，从一个侧面佐证了这个说法。

●

美国莱斯大学著名汉学家钱南秀教授，是一位原籍南京的才女。她既是知名的六朝文学研究专家，也是薛绍徽研究的专家。就南京大学的学缘关系来讲，她是我的学姐，故熟知我与福州的渊源。有一次，她很激动地与我分享她研究薛绍徽的心得，对这位福州才女的文学才华赞不绝口。我虽然对薛绍徽的文学创作所知无几，无法与钱教授展开讨论，但从她对薛绍徽的连声称赞中，却可以感受到她对薛绍徽的由衷景慕，不免也被激发出作为一个同乡“与有荣焉”的自豪之情。今日翻读本书中的薛绍徽诗选，有《冶山晚眺》诗云：“秣陵旧迹半烟芜，野色犹堪入画图。最好斜阳堤柳外，紫金山映莫愁湖。”又有《秦淮观妓》诗云：“越自繁华越可悲，茫茫豪竹与哀丝。青泥果有莲花现，犹是人家好女儿。”二诗所写皆是金陵风物，想来钱南秀教授当日读后，必当有一番感喟。对我来说，前一首所写仍是古典风景，怀古之意盎然，而后一首所写，貌似细水微波，却充满了现代女性深深的人道主义关怀。

我生长于闽侯县甘蔗镇乡下，小时候，爷爷教我写信时，口述的家乡地址是“福州西门外甘蔗镇文门厝”。少小离家，老大不归，乡音未改，鬓毛已衰，41年来，流寓他乡，虽然文门厝早已在所谓旧城改造中被夷为平地，但是，对故乡的山水人物常常系念在心，对榕城的历史文化也常有乡愁和怀想。随着年岁渐长，这种怀念之情与日俱增。偶因公务私事经停福州，便尽量利用这样的时间和机会，寻求在福州乡土文化方面补课。近几年的榕城之行，多次麻烦林怡作我的“地陪”，登乌山，看碑刻，游三坊七巷，领略福州的名人文化。我的老同学和老朋友中，不乏数十年长住福州的，但是，说到对福州历史遗迹、名人故居、人物掌故的了解，没有人比得过林怡。而且，林怡不仅是我的同乡，更是我的同行，她了解我对家乡文化的兴趣点，知道我在哪些方面需要补课。这几年，她在福州文化研究方面越来越勇猛精进，成果络绎，每次相见，总是乐意分享于我，如数家珍，令我获益匪浅。因此，当林怡编选《依然明月照高秋——近现代福州十二才女诗词选》甫就，征序于我，我既欣喜于有先读为快的荣幸，又有感于近现代福州才女之命运与文采，因书所感，以弁简端，并就正于林怡。

程章灿

2020 年 5 月 22 日
于金陵城东之仙霞庐

编选说明

一、本书编选近现代福州才女的诗词，依生年先后排列，分别为薛绍徽、沈鹊应、王德愔、刘蘅、何曦、薛念娟、张苏铮、叶可曦、施秉庄、王真、洪璞、王闲共十二人的诗 147 首，词 141 首，共 288 首。

二、本书所选诗词分别采自上述十二人的诗词集或刘荣平编的《全闽词》、福建省文史研究馆编的《百年闽诗》。采选所据的诗词集版本如下：

1. 薛绍徽：《薛绍徽集》，方志出版社 2003 年版。

2. 沈鹊应：《崦楼遗稿》，收入沈瑜庆等撰《涛园集》，福建人民出版社 2010 年版。

3. 王德愔：《琴寄室诗词》，福建省文史研究馆 2012 版。

4. 刘蘅：《蕙愔阁诗词集》，福建美术出版社 1993 年版。

5. 何曦：《晴赏楼诗词稿》，浙江文艺出版社 2006 年版。

6. 薛念娟：《今如楼诗词》，福建省文史研究馆 2014 年版。

7. 张苏铮：《浣桐书室词》，收入刘荣平编《全闽词》，广陵书社 2016 年版。

8. 叶可曦：《竹韵轩集》，福建省文史研究馆 2017 年出版。

9. 施秉庄：《延晖楼词》，收入刘荣平编《全闽词》，广陵书社 2016 年版。

10. 王真：《道真室集》，其诗若干首收入《百年闽诗》，海风出版社 2004 版；其部分词作收入刘荣平编《全闽词》，广陵书社 2016 年版。

11. 洪璞：《璞园诗词》，福建省文史研究馆 2015 年版。

12. 王闲：《味闲楼诗词》，福建美术出版社 2012 年版。

三、所选诗词排序先诗后词。诗歌先五言后七言，依绝句、律诗、古风先后排列。所选诸家诗歌未必数体兼备，只选易诵记的佳作。个别如施秉庄，只见其词，其诗阙如。词先小令，后长调。

四、薛绍徽和沈鹊应皆以诗词留名于清末文坛。王德愔等十人在民国间先后师从何振岱吟诗填词，有“福州八才女”或“十姐妹”之称。选此十二家，可管窥福州近现代名媛才女的风雅。

五、所选诗词，以清丽明畅的小篇短章为主，宏篇长调只得割爱，以便当代读者阅读理解。

六、所选诗词，力图反映十二才女的身世、性情和文采，极个别处略作简注。

目　录

月

薛绍徽诗词选

一、依然明月照高秋

薛绍徽

薛绍徽（1866—1911），字秀玉，号男姒，福州人。自幼颖悟，工诗擅画，有“女学士”之称，诗词文赋享誉清末文坛，是晚清女翻译家。著有《黛韵楼遗集》，其中《诗集》四卷，存诗280首；《词集》二卷，存词145首；《文集》二卷。近代文化名流姚华、严复、陈宝琛、陈衍、林纾等分别为其集题签。薛氏另辑有《清闺秀词综》十卷；与其夫陈寿彭合译法国凡尔纳的科幻小说《八十日环游记》（又名《环球旅行记》）、英国厄冷的小说《双线记》（又名《淡红金刚钻》）；编译有《外国列女传》七卷。方志出版社于2003年出版由林怡点校的《薛绍徽集》。陈衍称道薛氏“好学淹雅……撰述甚富，诗词骈体文裒然”。郭延礼著《中国近代文学发展史》和《中国近代翻译文学概论》，对薛绍徽的文学贡献评价甚高。当代美籍学者钱南秀对薛绍徽创作所体现的中国社会从传统向现代转型的内涵给予了深入的研究和高度的评价。现选其诗20首，词20首。

1

题画赠力绣纹世侄女归闽

北方春信迟，

四月见花草。

君归访乌山，

为问山花好。

一 调笑令

题画

桃叶，桃叶，何处招来蛱蝶。双飞双舞花中，约住帘栊好风。风好，风好，绿到天涯芳草。

2

新月

一弯新月影，

千里故乡心。

遥望南来雁，

因风有好音。

二

如梦令

春月

连日雨斜风冷，今夕嫦娥初醒。冉冉挟云飞，
点缀一庭花影。谁领？谁领？自是诗家清景。

3

外子书言，有人欲延余入苏州主讲女学，走笔答之*

吾学本好古，

世人多趣今。

今古不同道，

休劳一片心。

* 此诗作于1904年，时陈寿彭在南京为周馥幕僚，帮纂《官报》，薛绍徽在福州家居，谢绝了去苏州女学任主讲的邀请。

三 菩萨蛮 题画

红闺不识天涯路，画图先拟描红树。野渡泊溪湾，秋声何处山。

纸长描不得，尽染黄沙色。衰草玉关阴，迢迢万里心。

4

游鼓山*

凌空盘石磴，
海气拂衣裳。
松竹秘幽响，
云泉荡古香。
危巅通北斗，
平野尽南荒。
日暮归舆急，
钟声坠下方。

* 鼓山：即福州鼓山风景名胜区，在福州市区东边，登顶可俯瞰闽江奔流入海，唐以来以名寺名僧闻名海内外。据传山上有巨石如鼓，每当风雨大作，便簸荡有声，故名。绝顶为屴崱峰，海拔870.3米。该山峰岩秀拔，峡谷幽雅，古树名木郁郁葱葱。留存唐宋以来众多的摩崖石刻，被列为全国重点文物保护单位。

四

谒金门

偕伯兄、英姊游越山，登镇海楼，南望闽江，北瞰莲花诸峰，归途舆中偶得

临绝顶，拂拂罗衣风冷。放眼乾坤清梦醒，莲花斜照暝。南浦绿波似锦，不见天涯帆影。归去挑灯思酩酊，揽衣和月寝。

5

送伯兄归里

聚首无多日，
　　秋风已渐凉。
一樽离别酒，
　　千里海天长。
残月犹前路，
　　黄花记故乡。
请将相忆苦，
　　先为报观香。

五

生查子

双骖园

载得绿珠归，金谷花如锦。竹木拥楼台，
岚气沾衣领。笑倚碧阑干，踏碎斜阳影。
我自爱山光，一晌斟香茗。

6

翠薇亭

兀兀翠薇岑，
蝉声夕照阴。
清凉开世界，
山水自幽深。
禅悦此俱寂，
词才不可寻。
南唐有遗迹，
可惜李翰林。

六

点绛唇

积翠寺

野竹扶疎，盘空石磴藏荒寺。青苍瑰异，自是清幽地。一角孤亭，四野绿云腻。钟声坠，关山烽燧，欲揾忠魂泪。

寺与范忠贞公祠比邻，中有天开图画楼，绎如常集同人结诗酒书画之会。后为海军中人占作宴集之所。近闻大东沟之役，我国师船已歼将半，而威海被围正急，故末语及之。

7

昨日

昨日复今日，
风云倏忽中。
鹤归瑶岛迥，
龙去鼎湖空。
慈孝成千古，
悲哀遍六宫。
万方休痛哭，
作邑有周公。

★ 这首诗挽光绪皇帝。1908年11月14日光绪皇帝崩，次日即1908年11月15日慈禧太后去世，此诗作于15日。

七

卜算子

别伯兄、英姊

住也念行人，去也思乡土。两地难抛骨肉情，怅触心头苦。生小在闺闱，不识关山路。他日风尘黯淡中，望断江南树。

8

寄外*

一纸家书带泪斑，

好凭青鸟寄蓬山。

西风吹倒江头树，

梦见归舟天际还。

* 外，即外子，薛绍徽对其夫陈寿彭的称呼。陈寿彭，马尾船政毕业生，晚清外交官、翻译家。1883年4月陈寿彭游学日本，是年冬回国。此诗即作于陈寿彭旅日时。

八

南歌子

寄外

弱水三千里，蓬山一万重。几番下笔复从容。
唯写平安两字、托飞鸿。懒折梅花寄，闲将豆蔻封。
莫嗤惜墨意匆匆。两地相知，只在不言中。

9

偕外子、伯兄游月湖

四明山色总模糊，

夹岸人家似画图。

花屿柳汀春不管，

令人忆煞小西湖。

伯兄：薛绍徽的哥哥薛裕昆。1900年薛裕昆到宁波看望薛绍徽一家。

九

忆秦娥

秋海棠

西风起，春回八月花光里。花光里，数星残照，一行罗绮。

卷帘人瘦黄花比，泪痕化作胭脂美。胭脂美，蒹葭秋水，伊人千里。

10

玉尺山

玉尺量才是婉儿，
苍茫片石亦离奇。
于今诗派无光禄，
留此吟台孰主持？

十

临江仙

碧云寺

说甚梵王旧殿，已颓委鬼丰碑。玲珑五塔耸嵚崎，下瞰都城如绮。林木荒山合沓，关河斜日迷离。思陵寂寞德陵欹，算是刹那弹指。

11

秦淮观妓

越自繁华越可悲，

茫茫豪竹与哀丝。

青泥果有莲花现，

犹是人家好女儿。

十一　鹧鸪天

送春

蝶瘦莺肥历乱飞，登山临水送春归。寒闺不为花光惜，且尽樽前酒一卮。沉野色，黯斜晖。征鞭莫待晓钟催。愿教早绿天涯草，促起鹃声使客知。

12

冶山晚眺

秣陵旧迹半烟芜，

野色犹堪入画图。

最好斜阳堤柳外，

紫金山映莫愁湖。

十二 虞美人 又一体　送绎如游学日本，口占集句以当骊歌

劝君更尽一杯酒，何日重携手。花如双脸柳如腰，青山隐隐水迢迢。马萧萧。　珠帘月上玲珑影，枫落吴江冷。蓬莱无路海无边，星河耿耿漏绵绵。意悬悬。

13

上海过敬如兄公故宅

功德元方孰与俦，
将军猿臂不封侯。
屋乌犹在宾朋散，
谁识当年百尺楼。

十三　小重山

偕英姊观玉尺山

光禄亭台春色阑，闺闱风雅事、已凋残。夕阳空抹旧朱栏。垂杨外，孤石耸云鬟。

衡折太无端，恰如文笔秃、罢吟坛。一杯香茗话清闲。临风坐，相对听绵蛮。

山本一石，曲折而起，遂得名。不知何人凿断，横卧地上。前见文笔山亦然。因与英姊惋惜久之。

14

徐家园品菊

冷艳寒英闹素秋，
最繁华处最清幽。
疏枝都逐霜光活，
雅态方知晚节修。
香色入诗宜月旦，
范刘遗谱讵风流。
可人不数长生白，
萼绿华来占上头。

十四

声声慢

秋夜

刁刁调调，屑屑骚骚，萧萧飒飒淅淅。阵阵疏疏，密密飘飘黄叶。悲笳冷柝竞发，更乱敲、丁丁檐铁。和急杵，与繁碪拉杂，都无音节。遥忆当时送别，柰雁信、沉沉关山胡越。摇荡梦魂，莫问东鹣西鲽。风平夜阑雨歇，只寒蛩、呜呜咽咽。对窗纱，有娟娟、一抹落月。

15

仲秋夜读史作

从来祸福不相侔，
成败唯看棋局收。
笃志有人欣御李，
智囊无策到安刘。
岂真遇合风云会，
须惜艰难骨肉谋。
昨夜长天觇北斗，
依然明月照高秋。

1898 年 9 月 21 日，慈禧太后等发动戊戌政变，光绪皇帝主导的戊戌百日维新失败，光绪被囚，康有为、梁启超分别逃往法国、日本，福州籍的林旭与谭嗣同等戊戌六君子被杀。此诗即为此历史悲剧而作。

十五　水调歌头

台江泛月

我欲问明月，何处广寒宫。清光万顷摇荡，水雾缈蒙中。滴滴露华如洗，滚滚空江如练，帆影破秋空。两岸晚潮急，芦叶战西风。

村庄外，青山色，自朦胧。橹声咿哑，不妨载酒大桥东。牛渚青莲仙去，赤壁东坡游后，此乐算无穷。更拟卷篷起，高唱《玉玲珑》。

16

上海龙华寺观桃花

两行新柳小桥斜，
细马文茵簇钿车。
春信隔江飞燕剪，
夕阳孤塔拥龙华。
一天钟磬飘花雨，
十里香尘萃晚霞。
菩萨低眉天女笑，
莫将坏色点袈裟。

十六　百字令　草色

绿痕遥认，是茫茫一片，东风来处。
嫩色如烟还似梦，润透昨宵酥雨。
新柳绵绵，缃桃脉脉，相对空延伫。
参差疏密，却无偏有凭据。

犹记小院书声，茏葱斜照，青入帘笼去。
底事王孙归未得，双燕喃喃私语。
才过花朝，又逢寒食，淑景教谁主。
刀环何日、马蹄重踏故土？

17

西风

西风萧飒气阴森，
隐隐悲笳杂断碪。
途远有人愁日暮，
复来何处见天心。
可怜缣素争新旧，
坐看云烟变古今。
不识谁为文字别，
登山临水泪沾襟。

十七

凤凰台上忆吹箫 凤凰台

白鹭洲高，凤凰台迥，三山半落青天。奈锦袍人去，骑月成仙。何处齐梁宫阙，绕流水、散作风烟。斜阳外，栖鸦杨柳，衰草芊芊。

联翩。凝眸望处，有渺渺江光，荡漾无边。笑酒楼星石，龙虎时迁。空傍瓦棺荒寺，瓢儿菜、新放春妍。春妍好，山川陵谷，已换当年。

18

珠江夜泛偶得集句

不受尘埃半点侵，

淡烟疏磬散空林。

水如碧玉山如黛，

花有清香月有阴。

感旧两行垂老泪，

孤舟一系故园心。

潮头望入桃花去，

云母屏风烛影深。

十八

海天阔处

闻绎如话台湾事

碧天莽莽浮云，云烟变灭沧桑里。鲲身睡稳，鸡笼唱罢，竟无坚垒。莫问成功，可怜靖海，原来如此。算槐柯邦国，黄粱梦寐，只赢得，豪谈美。说甚蓬莱蜃市，忽跳梁、长蛇封豕。鲸吞蚕食，戚俞难再，藩篱倾圮。汹汹波涛，峗峗金厦，相关唇齿。对春潮夜涨，深惭漆室，为天忧杞。

19

北京杂诗

龙楼凤阙势峨峨，
十里香尘闹绮罗。
韦杜街西矜阀阅，
金张馆里拥笙歌。
五侯七贵春风畅，
万户千门夜月多。
最好华灯明灭外，
两行烟柳碧婆娑。

十九

忆旧游

蒙泉山馆

笑乌山突兀，景物依然，树木皆秋。且喜归来健，纵年华欲暮，尚得重游。断涧细泉汩汩，积叶暗藏沟。念昔日亭台、几经易主，草瘦花凋。悠悠。画栏外，看阵阵惊鸿，天际云浮。合把金樽倒，任苍茫身世，一醉都休。愿莫更言离别，飘泊转生愁。奈酒罢灯明，娟娟霜月楼上头。

20

外子五十，歌此为寿

乌兔双丸疾于箭，朱颜渐觉镜中变。
人生行乐须及时，芳时胜似金丹咽。
倾樽低泛葡萄酒，樽前起舞为君寿。
愿君福禄千万春，好共白头长相守。
君年五十我四十，九十韶光已开一。
况是麦秋花雨晴，儿女嘻嘻环我膝。
忆昔结发与君婚，君才君望如朝暾。
即今清名满南北，钟鼎且让布衣尊。
君不见，南山松，森森翠盖盘虬龙，
斧斤弗入栋梁选，泉石长沾雨露浓。
又不见，北山鹤，翩翩白羽闲梳掠，
无粮自觉天地宽，高飞岂受网罗缚。
松鹤之寿皆千年，疏野乃得全其天。
家贫幸有图书富，人老弥增道德坚。
故山纵然隔千里，客中为寿亦可喜。
彼苍脉脉爱善人，不歉砚田即福履。
但教岁岁都如此，井臼米盐事君子。
不然携手挽鹿车，出门笑看牡丹花。

此诗作于1906年，为陈寿彭五十岁生日而作。

送君惜君去。既料理琴书跋涉羁旅，雄心敢为私情误。只恐是前路，风霜辛苦，陌头春色袅娜舞。不能拌君住。君去。勿回顾。纵家计艰难，休滞肝腑，娇鸾雏凤依能抚。愿所志成遂，早归乡土。飘零凄楚，惹别恨，万万缕。

二十

兰陵王

绎如游学泰西，为画《长亭折柳图》并题

君今去，时恰海门飞絮。红楼外，官道夕阳，目断天涯是何处。长亭判别绪。谁主？柔条如许。魂销矣，三叠浩歌，莫唱轻尘浥朝雨。

月

沈鹊应
诗词选

二、旧时月色穿帘幕

沈鹊应

沈鹊应（1877—1900），字孟雅，清末重臣沈葆桢的孙女，父沈瑜庆（1858—1918），是沈葆桢第四子，清光绪十一年举人，娶刘齐衔之女刘拾云为妻，在北京、江苏、湖南、山西、广东、江西、河南、贵州等地为官，是贵州最后一位巡抚。沈鹊应多随在其父任所。夫林旭（1875—1898），字暾谷，“戊戌六君子”之一，有《晚翠轩集》。沈鹊应诗词集《崦楼遗稿》，附刻在《晚翠轩集》后。沈氏因林旭在戊戌变法中殉难，不久亦抑郁而卒，年仅24岁。沈氏受学于陈书（字冯庵）、陈衍两兄弟，所留诗词量少而精，陈氏兄弟对其诗词评价甚高。陈书称沈鹊应“课词之余，诗亦间作，屏除纤仄，以子美、和仲为师，闺阁积习，庶知免矣。”代表作有《浪淘沙》《虞美人赋鲇鱼风筝》《如梦令帘钩》《读晚翠轩诗》等。现选其诗4篇13首，词10首。

1

春夜八首

坠雨凄风夜，无眠思欲殚。
死生千里路，忍忆殡宫寒。

试灯春几日，剪烛泪千行。
好语偏憎耳，尊前不敢言。

此恨何时已，思量声暗吞。
淮堧三载客，摇落一身存。

黾勉均无着，宁论身后名？
药炉经卷在，即此了吾生。

病骨寒将断，炉香烬更添。
遗编和泪叠，字字是华严。

残灯已无焰，拥被更论文。
老父怜吾憨，推敲到夜分。

那堪当死别，尤恐得生归。
我已无肠断，诗成寄与谁？

蔽罪朝无典，遗章世所闻。
吾从柳下妇，私谥拟贞文。

一 如梦令

明月一弯新样。终日傍人帘幌。挂起玉纤纤，
草色增人惆怅。低放。低放。莫对平芜凝望。

2

古人

怅望古人事，
令人蓦地惊。
苦心谁识汝，
余意任公评。
异代同荒冢，
千秋空剩名。
感时一凭吊，
何必问生平？

二 菩萨蛮

旧时月色穿帘幕，那堪镜里颜非昨。掩镜检君诗，泪痕沾素衣。
明灯空照影，幽恨无人省。辗转梦难成，漏残天又明。

4

读晚翠轩诗（三首）

人生谁氏免无常？
离合悲欢梦一场。
何事为荣何事辱？
只求到死得留芳。

西风拂槛雨推窗，
别泪离愁溢满腔。
深夜诵君诗一卷，
教人无语对寒釭。

暗坐悲君泪不禁，
聊将诗卷谱桐琴。
凄凉曲罢声声血，
拥鼻妆台学苦吟。

四

浪淘沙*

报国志难酬。碧血谁收？箧中遗稿自千秋。肠断招魂魂不到，云暗江头。

绣佛旧妆楼。我已君休。万千悔恨更何尤？拼得眼中无尽泪，共水长流。

* 此词作于林旭被腰斩在北京菜市口后。郭则沄《清词玉屑》记载：沈鹊应『闻噉谷耗，赋《浪淘沙》述哀，字字沉痛，侍者哀之。』（见林葆恒《词综补遗》），转引自福建省文史研究馆整理沈瑜庆等撰《涛园集》（外二种）P328，福建人民出版社2010年4月版。

五

虞美人

鲇鱼风筝*

野塘春水连天碧。化作烟波色。忽听何处弄鸣筝。又是东风卷入、碧云声。

迢迢直上干霄汉，儿女争呼唤。从容不傍逆风飞。何事竹竿难上、笑男儿。

*王蕴章《然脂余韵》称这首词『妙有寄托』（见《民国诗话丛编》）。转引自福建省文史研究馆整理沈瑜庆等撰《涛园集》（外二种）P328，福建人民出版社 2010 年 4 月版。

六

鹧鸪天

寄郑氏舅母，忆堂子巷小楼

回忆楼头赏雪时，钟山如黛照传卮。如今赢得离愁苦，唯有檐前风絮飞。

春寂寂，梦依依。风流林下系人思。凭高不见江南路，玄鸟归时人未归。

七

湘春夜月

晴天养片云

正新晴，闲闲一片低垂。莫道出处无心，此便恰宜时。欲问迟回何待，待青天护养，渺尔神怡。怪前宵风雨，深藏远岫，此意谁知？　高横天际，静依日下，不解迷离。淡影轻身，氤氲气、任人遥指，难与幽栖。多情美荫，怕日光、晒上酴醾。凭似汝，作无知误信、司天台说，佳气能奇。

八

甘州

怀金陵梁间燕子

叹一年一度此淹留，软语话温柔。傍雕梁绣户，惊人好梦，故蹴帘钩。旧宅重来风景，换却一番愁。可念征蓬转，淮海漂流。

同是倦游羁旅，误匆匆行色，岂为封侯？止凭谁分付，珍重羽毛修。向天涯，般勤凝望，对斜晖、不见旧妆楼。遄归罢、怅繁华谢，金谷荒邱。

九

长亭怨慢

西湖吊厉樊榭※

向湖畔、停船闲步，远望东园，个人门户。寂历春空，柳丝深锁若烟雾。湖州羁旅，偏载取、桃根去去。得几何时，已化作、飘零风絮。

郎主。对芭蕉洒泪，芳草殡宫天暮。夜来月上，向谁诉、此时情苦！怅望是、今日萧条，恨重入、江淹词赋。始会得才华，天忌凄凉如许。

※厉樊榭：即厉鹗（1692—1752），字太鸿，又字雄飞，号樊榭、南湖花隐等，钱塘（今浙江杭州）人，清代著名诗人、学者，浙西词派中坚人物。

松菊犹存。荒城里止看摇落
未见花繁。销魂。故乡此际，
佳节醉西园，篱畔芳樽。念秋光
狼藉，安得移根？屈指重阳将近，
思往事、杳杳无痕。伤情处，但
看鸦飞，谁绕孤村。

十

凤凰台上忆吹箫

忆菊花

君枫冷吴江，雁飞南浦，家家黄叶堆门。听暮砧声急，日已黄昏。记忆当时三径，尽飘零、

三、仿佛凝愁留月下

王德愔

王德愔（1894—1978），字珊芷，其父乃近代著名词人王允皙（1867—1929），字又点，号碧栖，有《碧栖诗词》传世。王德愔幼承家学，并师从何振岱学习诗词和古琴，又师从林纾、周愈学画，著有《琴寄室诗词》。现选其诗7篇8首，词6篇8首。

1

题扇

小楼一角接云山，

烟霭迷蒙竹万竿。

莫道深山无隐者，

有人画里倚栏杆。

一

忆江南 忆别（选三首）

江南忆，最忆是当年。飞絮落花俱有泪，淡云微雨隔遥天。离恨正绵绵。

江南景，微雨正霏霏。独倚薰笼还少睡，却思双燕又双飞。红泪湿罗衣。

纱窗好，灯影记同心。花事三分人万里，春光一刻值千金。何处觅知音？

2

秋意

日映丹枫水映霞，

暮天江雁落平沙。

幽居养得秋心静，

再向东篱对菊花。

二

浣溪沙

荏苒韶光已白头，等闲春水易东流。梦中还忆旧书楼。
常是对灯怜孤影，何曾明月伴清游，莫听乌鹊日啁啾。

3

灯

巧样明灯出屋牙，
分光犹得遍邻家。
镜中对影思青鬓，
窗畔寻诗共碧纱。
仿佛凝愁留月下，
依稀将梦到天涯。
漫漫长夜凭相照，
读画看书眼未花。

三

清平乐 夏夜

风清云渺，夜色临窗牖。月到中天星转少，
闲坐回廊偏久。
荷边幽梦初长，罗衣沾露犹凉。都把旧愁
消尽，乱蛩休诉东墙。

4

有感

一年又近访梅时，
　　风物山川本自奇。
深巷何人犹击柝，
　　高楼有客尚吟诗。
世情多幻休深问，
　　老学未荒好自欺。
今日朋侪同一醉，
　　霜天霁色正相宜。

四

百字令

游玉尺山偕蕙因、竹韵、道之

断崖深刻，指名坊，题字吟台依旧。几度桑田人换世，重见故家园囿。径冷游筇，苔荒步屧，韵事消沉久。婆娑休叹，舞风还认疏柳。　当日玉尺堂前，花明月皎，欢意谁轻负？催递红窗来往句，写上银笺云瘦。燕子斜阳，蛩声细草，今古同昏昼。吾曹良会，劝君须尽樽酒。

5

耐轩没后忽已三秋，有感昔日之游而赋

记从年少共窗光，

佳夕良辰每引觞。

踏月同临钟磬寺，

看松曾到水云乡。

诗追元白吾何敢，

弦断牙期事可伤。

宿草今非凭吊地，

三年回首断人肠。

五

水龙吟

燕溪客次寄念娟

千丝离绪黏人，夜阑无梦披衣起。商声易警，柝残空巷，蛩喧苔砌。寒雨初停，青灯倚壁，此时愁最。正天宽鸿杳，江长鱼少，音书断，谁相慰？　总拟秋来归计，暗云阴，这般尘世。高城画角，遥天烽火，兰舟休舣。回首当年，衔泥社燕，都营新垒。愿升平再倚，梅花林下，共春风醉。

6

中秋有感（选二首）

眼中仿佛大观园，
台榭花光接水轩。
漫叹游踪成梦境，
潇湘竹影绕吟魂。

忆昔观灯环碧轩中陈设大观园景物。

长衢灯火正辉煌，
人影相连锦袂香。
宝塔玲珑珠穗满，
中秋别有好风光。

六

莺啼序

题怀兄子沅遗像

阑干几番徙倚，只离怀莫诉。展癯影，猛记当年，阿兄清绝风度。厌人世，红尘滚滚，飞韬控骑长安土。掷浮名如水，归来愿参禅侣。

数载乡园，一卷呗叶，听云岩晚鼓。指山寺，遥隔溪烟，扣舷还咏佳句。待回蓬，牟尼在手，布毛断，还吹微缕。耐闲居，萱茂兰芳，共消欢趣。

维摩善病，庾信工愁，背亲忍竟去。任弃却，北堂霜发，宝镜鸾翼，独映昙天，幻身何处？同怀弟妹，天空鸿雁，西风吹折难成字，更无繇，砚席同朝暮。蒲团破后犹猜，坐久无言，定中为爇兰炷。

时移世异，物是人非，剩一篇恨赋。算屈指，频年荒草。冷骨埋苔，古塔欹巢，乱鸦啼树。清游散后，悲笳声里，桑田沧海惊暗换，念金瓯，残缺何时补？凄然今日神州，遍地哀鸿，问兄痛否？

7

秋月同诸友西湖览胜

息影闲居已两年，
许多往事尽成烟。
举头犹忆秋看柳，
映目还怜晚种田。
湖水初随兰桨月，
霜风不负菊花天。
清游未尽吟诗兴，
更约携壶竹径边。

月

刘蘅

诗词选

四、几见柔情如晓月

刘蘅

刘蘅（1895—1998），字蕙愔，号修明（又作秀明），夫为福州螺洲吴承淇（又作吴成淇），兄为黄花岗烈士刘元栋。受学于陈衍、何振岱，工诗词，擅绘画，能鼓七弦琴，早岁随夫旅居京华二十载，后回故里，一度常居螺洲。1952年加入中国美术家协会，1953年被选为福建省国画研究会常务理事，1957年被聘为福建省文史研究馆馆员。著有《蕙愔阁诗词集》，清声雅韵，深得陈宝琛、林纾、陈仁先等前辈赞誉。陈宝琛赞誉其诗道："开卷一片清光，写景言情，皆能出以蕴藉。……所为诗有山水之音，无脂粉之味也。"何振岱赞誉道："蕙愔词笔清妙，较所选古今体诗尤近自然。"陈曾寿称赞道蕙愔词"气息深静，无近世纤薄晦涩之病，即境别有会心，常语转为妙谛，庶几善学古人者。"现选其诗20首，词10首。

1

秋中作

佳景心难敌，

自愁莫怨秋。

别时肠已断，

到此复何尤。

一

菩萨蛮

春来已是为欢寡。春归几见杯重把。燕子向谁家？开帘拾坠花。

隔烟凝望处，数棵垂杨树。飞絮正濛濛。吹愁又晚风。

2

望雁

雁影天边断，

宵深梦也无。

悬知千里外，

心眼一齐枯。

二 菩萨蛮

东风不是吹花懒，何因花事今年晚。两度流觞，翻添春恨长。

回头江路短，咫尺天涯远。孤梦莫还家。肠断满院花。

3

桔洲

小隐今何处？

南乡有桔洲。

雨添江上水，

犹接建溪流。

三

浣溪纱

昔日在西湖宛在堂寄砚多年，湖光山色，全归我有，重来得无慨乎

一别湖居二十年。一团心绪一湖烟，追踪无计却留连。

看取幽篁贞晚节，当从斜日爱晴天。远山流绿到襟前。

4

海行

归梦还未熟，
初阳惊已升。
波心寒气重，
风里泪华凝。
烟黑疑飞雾，
潮喧似裂缯。
五年三渡海，
离恨几千层。

四

南乡子

螺洲晚眺同元治作

野水绕林塘。木叶萧疏草半黄。莫道江村秋景异，心伤。何处湖山不断肠。

怎遣晚风凉。小立堤边看夕阳。碧海神蛟多少泪，行行。洒遍人间梦短长。

5

马家酒楼望琴寄室，即寄德愔永安

雨外故人宅，
西风闭院门。
壁间琴有思，
杯底客忘言。
离绪成重茧，
疏烟缀断魂。
秋深归信晚，
是否恋桃源。

五

蝶恋花

送秋

帘幕新寒笼薄雾。怕检吴棉，镇日烘兰炷。
篱菊欲留秋小住。霜风不肯容庭树。
秋去应知何处去。啼雁声中，黯黯云边路。
无限芦花江水暮。愁多莫向衡阳渡。

6

山行

秋净泉声冷，
风斜鸦阵偏。
山光盘杖底，
松翠落襟前。
世路虽艰险，
诗心独自圆。
谁将秦汉事，
收入武陵天？

六

苏幕遮

石鼓山岁寒寮寄梅叟师

树婆娑，山迤逦。绿带钟声，流到帘波底。凉处栏杆宜独倚。古佛龛前，一粟灯光紫。

对岩花，临涧水。耳目清和，如坐春风里。为问真机何处是？不著尘愁，可近连天未。

7

立秋前一日作

自笑平生作事偏，

甘从愁处缔因缘。

夜窗辨听芭蕉雨，

滴碎离心到晓天。

七

瑞鹤仙

石鼓山忆旧

屧声开藓径。引一缕、香风吹过寒磬。平台小如艇。记岩西、烧叶试茶温鼎。相携度暝。暗回首、都成梦境。旧阑干何限，深情只是，独来怎凭？

凝听。风篁摇玉，涧水鸣珰，这般幽景。共谁收领。吟身外，碧天迥。看低徊，山鸟衔来秋籁，疑与新愁暗并。认前游、石上镌文，墨香未冷。

8

梦游

流水桃花世外天，

梦游每到古溪边。

此情未遣春风觉，

何况渔人漫刺船。

八

水龙吟

遥天雁路深迷，云开只见斜阳度。阑干爱旧，低回慵倚，新尘尔许。脱粉桐枝，破襟蕉叶，自家吹雨。算秋声一片，为谁凄绝？愁著了，无消处。

此日重拈诗句，怅残踪、黯然相遇。笺纹墨沉，酒香灯味，背人细数。梦醒方知，世缘空幻，多声痴误。拜莲天悔晚，流光水样，送年华去。

9

晓月

一窗花影一帘烟，

迸作微寒涌枕边。

几见柔情如晓月，

清辉未肯异初弦。

九

扬州慢 孤山探梅

山瘦拖青，雪堆残白，里湖绝好冬姿。记苍根古藓，有几本寒梅。正堤曲、商量放棹，夕阳迎客，红遍桥西。笑东风，情性先花，依旧南枝。

凝喑冻雀，算今番，消息差迟，认屐底苔香，襟头酒晕，长忆当时。总为素心人远，钟声懒、不度明漪。觅空亭芳迹，除他孤鹄谁知？

10

闻蝉寄人哲

爱听凉蝉唱晚风，

不知身在夕阳中。

离愁莫问谁深浅，

九月秋声两地同。

十

八声甘州

记长安作客几经春，风光尽堪怜。甚归来未久，沉云雁影，冷落桃笺。望里琼瑶洞府，远讯断飞仙。乾尽铜盘泪，梦也凄然。

莫问蓬莱深浅，叹扬舲旧水，云气迷漫。写篇诗瀛岛，乱石湿蛟涎。到黄昏，萧疏烟景，念汉家陵树夕阳边。销凝处、众芳消歇，唯有啼鹃。

11

日长

憔悴谁怜雨后花，

吹香无力到天涯。

日长不见南飞雁，

只见城头集乱鸦。

12

同学六人湖西赏菊雨中作（二首选一）

满湖花气压尘埃，

秋色如潮涌两腮。

半日相亲成一世，

寻欢怎忍带愁来。

13

黄昏

奈何日日有黄昏，

欲避伤心早闭门。

俯仰琴书无弥处，

只余花影伴诗魂。

14

池塘早春

东风不管客心惊，
吹动池塘碧草生，
烟意织成愁意远，
春痕融入水痕明。
苔钱铺似鱼鳞薄，
柳带垂如燕尾轻。
井畔新桃红更小，
陌尘无限玉骢情。

15

和可羲来韵

薄酒争浇心耿耿，
青灯偏照夜漫漫。
带来月下花前思，
结作天涯梦里欢。
乡信频传兵燹急，
客窗方苦雪风寒。
闺中亦有神州感，
恤纬心情欲理难。

16

乌石山看梅，寄呈梅叟师旧京

看山已觉离尘喧，
况有梅花足断魂。
处世浮欢空自著，
入心真赏转忘言。
欲知吟醉春来懒，
但取情怀别后温。
望里双峰云影淡，
青苔旧处立黄昏。

17

忆北平旧居

踪迹都门廿载多，
邈然一别变山河。
城空有鹤凄华表，
棋罢无人说烂柯。
世事何堪回首问，
诗情还自呕心磨。
沉沉荒绪从头理，
无尽闲愁寄短歌。

18

过南屿村

前路茫茫听所之，
故园何日卜归期？
径行古屿兼寒浦，
投宿荒村只废祠。
泪眼长开天地闭，
土藥欲灭死生疑。
无家却有吟魂在，
不道途穷独咏诗。

19

寄外子浙江

略写寻常惜别诗，
伤心却讳断肠辞。
远游岂觅封侯事，
东望应怀作客悲。
一雨池塘春黯淡，
几家帘幕燕参差。
归来看取藏鸦柳，
只恐清阴异旧时。

20

送梅叟师安葬金砂山

数仞宫墙未尽窥，
忽来哭拜墓前碑。
心丧痛洒三年泪，
肠断难成一首诗。
白骨青山俱不朽，
慈颜馨泽永为思。
春风归路云相送，
蒿里难伸跬步随。

月

何曦
诗词选

五、
香月都成
消损事

何曦

何曦（1897—1981），字健怡，何振岱的女儿，林则徐的曾外孙女，福建文史研究馆馆员，著有《晴赏楼诗词稿》，其词由何振岱编入《寿香室词钞》中。2006年浙江文艺出版社出版《晴赏楼诗词稿》和《晴赏楼日记稿》。现选其诗18篇，词12篇。

1

萤

南风初四月，
时节渐飞萤。
竹里如流水，
檐边似坠星。
深宵穿箔巧，
微雨入林青。
小院多诗思，
幽人倚画屏。

一

清平乐

见荔枝有感

红珠满树，怅望愁如许。旭日蝉声山下路，欲觅旧游何处。

绛囊未擘琼浆，冰盘先送风香。已是怀人天末，思亲更断柔肠。昔日曾从家大人西禅寺啖荔。

2

五月十五夜五更看月

鸟语接虫语，
天明从月明。
曲廊仍犬卧，
深巷未人行。
花树枝无影，
芭蕉露有声。
霞光红自好，
夏日却愁晴。

二

醉花阴

秋海棠

良夜何曾贪美睡，月色凉于水。莫讶浅深红，旧迹新痕，都是伤离泪。春人那识秋花意，怎解将秋媚。翠袖倚朱栏，蛩语西风，一尺墙阴地。

3

辛卯寒食

鹤去台空后，
人天异寂寥。
离怀长黯黯，
泉路只迢迢。
启匣怜青剑，
登楼忆碧箫。
春衫消旧泪，
旧恨未曾消。

三

临江仙　剑意

愿铲妖氛消众魅，至刚原属多情。人间悍怯苦相凌。好凭三尺，万恨为君平。　记昔秋霜飞夜月，寒锋照胆晶莹。剑光人影两分明。云山千叠，来往一身轻。

4

鼓山万松湾

老松如健人，
矫矫向天际。
万株不肯同，
虬龙各气势。
长风忽然来，
涛飞一鸟逝。
有客动微吟，
清凉曳衣袂。
爱此万松湾，
舟游如隔世。
旧意入苍茫，
欲追果何计。

四

洞仙歌

戊辰八月初三泛昆明湖（选一首）

镜天浮碧，正平分寒燠。秋色迎人放舟好。看荷衣犹舞，芦叶初乾，凭细舸、度过桥阴深窈。楼台浑似画，换后沧桑，离黍心情为谁道。塔势自孤标，古佛慈悲，也应念，眠驼秋草。甚景物依稀旧江南，问那似当年，俊游怀抱。

5

八月初二夜又大风不寐

好风如佳人，狂飙似酷吏。
佳人期不来，酷吏患屡至。
屋老人亦衰，恍若舟中寐。
深巷警频传，安居乃惶悸。
天灾虽流行，防御半人事。
未雨贵绸缪，遇风免逃避。
吾州环诸峰，风力料难恣。
风姨且回车，无咎托神庇。
残暑散何方，吹凉有美意。
习静与天游，慧花长灵穗。

五

烛影摇红

橘灯同家慈大人作

薄晕笼红，微风吹颤窗纱影。招邀群秀作春嬉，手擘金丸冷。望里霜痕宵凝，剪穗烟、兰心吐颖。试灯时候，瓜折莲舒，都添豪兴。回忆前游，树阴绿暗江洲径。橘枝唱断月初斜，星火摇渔艇。还照吴鬟新整，恁搓香、梨魂乍醒。焰寒漏转，中有棋声。低徊浅听。

6

梦湖楼丙辰

树阴暗处隐红楼，

有客思家楼上愁。

莫向黄昏频怅望，

青山无数带江流。

六

满庭芳

春晚寄张潜玉苏州

薄雾帘前，轻烟柳底，小立数遍芳丛。海棠开晚，尚有几分红。旧日画楼共倚，青山畔、遥指飞鸿。鸿飞处，青山依旧，人影各西东。

匆匆。便过了，清游胜会，莫觅欢悰。叹莲潭一别，水瘦江空。归梦家乡夜永，愁还隔，雨外疏钟。从相慰，禅心默照。一缕定香中。

7

湖上第一诗

甫离尘嚣意已开，

涌金门外放舟来。

淡烟斜日苏堤下，

记取西湖第一回。

七

齐天乐

九月十七夜申江雨中对菊

殊乡得菊供吟赏，欣然如逢旧侣。向我枝疏，羞人影瘦，各有芳心难语。瓷瓶静贮，问胜否孤踪，伶俜荒圃。带荐寒泉，家山秋色渺何许。

难听最是夜雨。隔窗频点滴，和愁堪数。堕句重寻，柔魂欲断，拚共兰凄楚。凉花不语，算何意今年，沪江看汝。写就银笺，付归鸿寄与。

8

赋香烟

兰气屏间断续闻，

风回廉鎛影初分。

只看一粟莲龛火，

会作千花佛座云。

八

壶中天

庚申冬至日，偕同学若洲慧端随侍家大人游乌山沈氏园，登清泠台

高台向晚，望寒山远树，苍然同色。画出冬姿千种好，处处倪迂零墨。人语村深，鸡声屋小，流水荒湾隔。疏篱斜列，几家门对阡陌。休怪暖气微融，寒云渐敛，初见檐间日。片晌阴晴都变幻，谁道天机堪测。鲸屿清流，桃溪旧隐，还约闲游历。微茫尘事，付渠牛背长笛。

9

黄昏

黄昏何事得相宜，
无月无灯静坐时。
最爱炉香红一粟，
依依默默似心知。

九

西子妆慢

癸亥二月十二日杭州西湖泛舟

柳意烟初，花光潋外，迸写平湖春色。麴尘送暖泛兰舟，傍长堤、镜天摇碧。桥门咫尺。蘸涟漪、双峰凝立。占清闲、却羡沙鸥好，飞浮晨夕。

重来客。数遍楼台，思与层楼积。共看西子染新妆，纵橹枝、柔波轻划。流钟林隙。渐依岸、来寻游屐。更怜他、弦月东头乍觌。

10

种松（选一首）

贞心共抱岁寒坚，
苍幹宁随世态迁。
手种虬松山径畔，
便从尺许看参天。

十

木兰花慢

湖上晓望

放湖天晓色，辨峰影、乍微明。正宿露犹浓，晨霞欲展，淡了残星。催醒苏堤睡柳，弄新黄浅叶已巢莺。芳径花深小立，曲栏风暖留凭。

心怜，气候暮春成，况旭日添晴。漾微波远近，楼边碧塔，树底红舲。闲听寺钟过水，带北山画意到南屏。远瓦炊烟起处，荒蹊早有人行。

11

八月十三夜马江看月

避地江村正月明，
异乡佳夜更伤情。
不知着句从何始，
只觉思家百念生。
映水晴空遗雁影，
满山高树变秋声。
可堪极目烟波白，
看尽帆竿尚隔城。

十一 齐天乐 乙丑八月廿三日旧京陶然亭即目

峭风吹净遥天碧，晴云淡将秋远。苇荡深深，波光潋潋，旷若澄汀颓岸。霜畦侧畔，正晚稻抽茎，成群栖雁。策蹇人过，夕阳红到寺门晚。登临几多胜客，暗尘迷素壁，题句难辨。树老垂髯，城低见齿，堞外遥窥层。阑干凭暖，望寒菜青齐，古槐黄满。隐约村灯。欲归人意懒。

12

读饮水词题后

绝等风光慧业身，
倚天词笔映青春。
乌衣门第伤心少，
兰畹生涯著句新。
香月都成消损事，
江关为有别离人。
精魂漫说三生石，
千劫心期始见真。

十二　买陂塘

连日惊秋，亲朋远散，浣桐数见访，足慰岑寂。君将有连城之行，黯然难别，赋此奉赠

是何声、飞来天际，顿教愁思难说。悲秋已判柔魂断，那更知交言别。争兀兀，只似醉如痴，忍看江船发。欢悰一瞥。记劝洗闻根，乱蛩絮语，无碍双荷叶。内典：耳为双荷叶。

垂杨路，此去寒溪荒县，依依儿女相挈。剪翎笑我雕笼里，仰望云霄辽绝。思归楫。知甚日、阶苔再印词人屧。肝肠谁侠。剩密缕深存，自珍悴影，共照离边月。

13

送春

人生只要心闲适，
不管景光驹过隙。
漫言已过难追寻，
眼前多少佳晨夕。
自古留春春不住，
不留未必春便去。
东风吹暖入窗纱，
开遍庭树都是花，
胡为不饮空自嗟。

14

沪楼即事

乡关鼙鼓暗相催，
秋尽淞滨避地来。
斗室回旋憎有客，
家园迢递报开梅。
蹉跎似失诗千首，
省记还圆月一回。
底处芳园车马静，
欲携茗饮步苍苔。

15

湖游归来阴雨不晴寄怀道之翼之

几日烟波共画船，
归来依旧小窗前。
梦留湖屿青芜路，
愁入春阴细雨天。
人事不从花事改，
游情那共别情便。
最难谈笑清酣后，
红烛灵花夜破眠。

16

沪楼即事

风云吴下起尘埃，
此际江南更可哀。
车载闻多避地客，
枪鸣或有震天雷。
妖氛煽乱何时已，
天意怜民甚日回。
念汝远方初向学，
寄书迟达费疑猜。

17

三月初六早闻雨喜作

多垒频惊鼓角催，
忽然闻雨洗尘埃。
秋声已向荒郊去，
春色仍从上苑来。
问树漫言天尺五，
看花不惜日千回。
阳和破冻非无意，
云雾愁眉许暂开。

18

新凉感旧

襟上啼痕间酒痕，
故人何处故衫存。
银床冰簟沉前梦，
问燠嘘寒记旧恩。
送雁寥空愁共远，
移花镜畔黯忘言。
平生无限新凉感，
此日西风更断魂。

月

薛念娟
诗词选

六、花间月影写黄昏

薛念娟

薛念娟（1901—1972），字念萱、见真，号小懒真室主人，晚号松姑，有《今如楼诗词》。父薛裕昆，姑母薛绍徽。少从其父学易理，擅命理之学，壮年以占课闻名，中年从何振岱攻诗词，是何门八才女之一，任教于中学。何维刚称道其词："雅思清声，辞情兼至——可谓净洗铅华，独具风格"。现选其诗13篇15首，词8首。

1

予寄呈梅师信中语，师节为诗句

江干相送处，

波明晚烟湿。

泪眼更回头，

吾师犹伫立。

一 点绛唇

一抹秋云，瞑天远渡寒鸦影。落帆风外，星火生渔艇。

远笛飞声，听久高楼静。更初永，斗斜星炯，月也如人冷。

2

夜坐

明月上西楼，

松阴碎影流。

夜凉无一事，

闲坐看牵牛。

二

清平乐

萧条庭宇，更着黄昏雨。放下帘栊愁不语，忍看飞花无数。

离人昔怕春深，于今秋老天阴。旧恨新愁多少，登前香里沉吟。

3

晓望

淡月犹天际，
寒鸦已满林。
借用杜句。
碧空罗万象，
旭日散成阴。
朝气清于水，
野芳明似金。
小春风物美，
春色早来临。

三

清平乐

邵武重九登诗话楼，怀故乡社中诸姊妹

宿云舒晓，人意山居悄。雁信不来秋欲老，可是离怀抛了？和香采菊成囊，越王台上重阳。别有诗心难写，风流谁继沧浪？

4

咏橘

江南风光好，
丹橘绿成阴。
圆颗经霜饱，
累累满树林。
味甘疑玉液，
色丽如黄金。
奈何移江北，
化枳不可寻。
嗟彼松柏姿，
青青遍山岑。
不因地气换，
变却岁寒心。

四

清平乐

初冬遣兴

湖边远眺，雁影长空杳。疏柳丹枫看更好，未碍霜天寒早。
由他秋去无踪，且将美意迎冬。别有风光堪赏，酒边橘映灯红。

5

咏泉

气涵群树润千峦，

溅作珠玑入涧寒。

声似琴清醒俗耳，

肯随浊浪附奔湍？

五

浪淘沙

入世几曾闲，芳草年年。寻春独步小溪湾。烟岸柳堤休纵目，不是家山。

往事杂悲欢，弹指沧田。夜来风雨过窗前。不负一灯长照读，周易连篇。

6

忆北居旧游

繁华京国忆当年，

故苑名花景万千。

车水马龙人散后，

花光犹为月痕妍。

六

蝶恋花

七夕即景

银汉迢迢情悄悄。待诉相思，不道天将晓。此会千秋无尽了，相逢莫恨为欢少。

桐叶飘阶凉月皎。长忆当年，嘉果樽前绕。聚散浮生多草草，芳醪莫负今宵好。

7

重阳

野阔天高秋气凉，

远山如黛雁成行。

登楼自有乘高意，

望里乔松鹤影长。

七

风入松

久不见水仙花感作

铢衣翠盖自娉婷，微步晚波轻。东风遮莫培红紫，怎如他、冰雪聪明。疏影犹嫌梅瘦，幽香分得兰清。

新愁旧恨总难平，玉佩怅无声。芳踪寂寞知何处？弄丝桐、聊慰离情。祝取春回窗几，清泉重荐繁英。

8

拟游仙诗

岂是岩栖遁世人，

山中百岁抵晨昏。

美酒何辞千日醉，

好花长对四时春。

八

珍珠帘

夜来风雨龛灯小，听空院，落叶悲秋恁早。独坐倚新声，写愁怀多少。凭识三生何草草，证慧业、炉烟缥缈。缭绕。化千缕幽香，随云天表。

无寐展卷沉思，怎忙忙尽日，鸥讯鱼笑。今古等蓬蒿，且放歌吟啸。底事相逢成一梦，叹过眼、因缘终杳。人悄。看芳径依然，䜩花飞鸟。

9

观海（二首）

群川奔集尽来朝，
浩瀚汪洋接碧霄。
忽见波心红日上，
迷蒙烟雾一时消。

才见怒涛卷碧埃，
旋看平地现亭台。
空中楼阁何曾幻，
幻景原从真景来。

10

咏梅（二首）

虬枝为骨玉为颜，
历尽风霜若等闲。
自是几生修得到，
高标盖世偶孤山。

横枝缀玉淡弥妍，
独占春光百卉先。
冰雪炼魂清至骨，
靓妆临水态疑仙。

11

晴雪

飞霙漠漠遍平林，
霁色真教众象澄。
粘树忽疑花万朵，
堆山偏爱玉千层。
朔风卷作弥天絮，
旭日溶成满地冰。
稼穑艰难须记取，
冲寒人正事冬塍。

12

晚秋即景

纷纷落叶满阶前，
太息人间节序迁。
残菊经秋犹瘦影，
冷枫虽老不知年。
长空万里横凄碧，
远水千波幂淡烟。
莫为笳声生客恨，
放教乡梦夜来圆。

13

湖上偶步忆坚庐

无事经旬不出门，
身居城市似山村。
更无尘俗扰诗思，
喜有琴书娱梦魂。
柳外波光明潋滟，
花间月影写黄昏。
湖滨闲步偏相忆，
芳径犹留屐齿痕。

七、便有月也自萧寥

张苏铮

张苏铮（1901—1985），字浣桐，父张恭彝，清进士。民国二十五年（1936），张氏拜何振岱为师，“极有才气，诗心词境，殊清妙可喜。”曾任福建省立女子家事职业学校语文教师。晚年迁居内蒙古，作有《读词鼓琴图》。著有《浣桐书室诗词》。刘荣平编《全闽词》第五册收其词。现选其诗 4 首，词 12 首。

1

遁庵作感秋诗，或云读之如坐秋风中，令人不乐，作此解之

秋兰扬清芬，秋荷结莲子。
君看经霜根，生意何曾已。
君诗得秋气，寒瘦宁可拟。
淡愁与之俱，脱手成冷绮。
世危万卉枯，大地尽疮痏。
膏露滋荆棘，盐车困騄駬。
倭骑况未灭，山河正血洗。
家国两撄忧，焉能无愤悱。
梁鸿作五噫，情不在妻子。
阮籍哭穷途，其志毋乃耻。
虽非杜甫笔，鞭挞入肌理。
但使能哀民，秋声亦可喜。

一

菩萨蛮

双星犹自银河隔。人间分是多离别。离别莫思量。思量空断肠。

灭灯偎绣被。撇了闲愁睡。淡月度帘栊。庭梧一夜风。

2

春去

细雨和烟沁绿莎，

游丝无力罥檐牙。

凭栏不信春真去，

一树蔷薇正着花。

二

清平乐

辛巳十月，余将之皋兰，雨中遇浣秋于延津门，相顾惊喜，继之以悲。夜雨拥灯，不觉漏之尽也 *

满江寒雨，驿思同清苦。人向西征天向曙。迸入片时延伫。

车声碾白灯光。一声一转离肠。输与天边雁影，风中犹得成行。

* 辛巳：1941 年抗日战争中。

3·

题鸡鸣图

月淡云凄风似虎，

漫漫长夜天难曙。

但教唤醒梦中人，

不惜一鸣就刀俎。

三

鹧鸪天

闻蕙因姊回榕，诸姊妹相聚甚欢，作此自嘲自解

莫道榕城花正妍。一春应是雨帘织。事如明月圆还缺，
梦似群山断复连。　矛与盾，两难全。分教秋菊老篱边。
输他刘子能酬愿，不听鸦声听杜鹃。

4

酒泉遇飓风

流沙万里似奔潨，
吞天卷地声隆隆。
黄云随之倏西东，
攫拿腾掷如瞋龙。
初疑铁骑恣行空，
忽若一炬烽火红。
祁连俯首为之降，
飞向何处难寻踪。
垣摧屋破苦哀鸿，
闭门使我心忡忡。
心忡忡，音哓哓，
阋墙犹自弄戈矛。
狂飙撼树鸠占巢，
应有人兮伤飘摇。

四

鹧鸪天

题竹韵轩诗词集后

云自多姿石自奇。更罗万象入诗脾。胸中笔墨都馨馥，纸上龙蛇共舞飞。

千秋业，始诗词。寒梅清韵继吾师。春风独在修篁院，木笔花开第一枝。竹韵又号辛夷室主。

五

虞美人

萤火

冷光未肯因人热。隐约偏难灭。凉宵为底入疏棂。却被银灯掩得不分明。
流辉破暝归何处。珍重秋芜路。有人携扇下空庭。莫向月篱烟砌弄星星。

六

一丛花

旧梦阑珊，芳情冷落，孤灯一点，愁思千端

慵拈酒盏搁诗瓢。胜事负今朝。断肠落叶荒笳外，江山好、人意无憀。危塔枕风，倦铃咽雨，家国两飘摇。华年佳节总轻抛。新恨况如潮。层阴恁掩团月，便有月、也自萧寥。繁管舞筵，乱蛩别枕，等事可怜宵。

七

八声甘州

自题并影听笳小帧

迓晨曦容与古城阴，幽思落荒遐。望天山迤逦，沙原莽荡，危堑槎牙。薄暖才融积雪，流水点飞鸦。依约乡园景，红杏谁家？

莫道关河难度，看明驼塞上，并影听笳。数征程万里，归路梦中赊。念江南年年此际，断愁魂，细雨沁千花。怎生见，卷黄云地，有此容华。

八

台城路

金陵感旧

廿年不过台城路，江潭柳俱人老，荒堞屯旗，高陵吹角，又是一番斜照。秦淮放棹。漾几曲蘋波，岸湾迷蓼。近水栏杆，旧时颜色看犹好。

乌衣怎忘巷小。看寻巢燕子，玉栋千绕。索果呼孃，簪花泥姊，依约欢情多少。而今更到。听风笛声声，总成凄调。一片烟林，莽寒鸦古道。

九

宴清都

雨院凝寒，风帘束梦，愁城壅臆，恨墨盈笺，即寄故乡吟侣

云黯天如压。登楼望、乱山都作愁叠。乡关甚处、船偎野渡，鸟归荒堞。心情更向谁说。待客里、尘尊自洁。怕醉中、过尽飞鸿，故人芳讯轻撇。

而今忍忆梅边，低吟好句，于喁相接。窗深昼晻，灯孤夜永，这般时节。教人怎不凄绝。便算有、牵衣笑靥。又那堪、隔院频闻、离弦乍阕。

十

东风第一枝

仲冬上浣，车至沙坪，以让道不慎，轮支危岩，岌岌欲坠。时尽昏黑，十里以内寂无人烟，山既多狼，复有伏莽之戒。力趁星光，急行十余里，夜过午，始得宿食，而神魂交瘁矣*

仄径绳悬，飞车互击，迢迢万里如此。何须轴折辕摧，早是意疲梦瘁。重山午夜，正深黑、寒林无际。猛一声、骖颠崖，几逐月轮西坠。

荒冢畔、魍魉恣肆。从薄里、虎狼窥伺。蓼虫怎惯相安，宇宙谩猜甚世。瞢眬前路，但几点、星光微示。喜渐近、野火前村，似有故人相慰。

* 此词作于 1941 年仲冬上旬西行兰州途中。

十一 花犯

十月既望，征车折轴停辙，庚岭寒梅照眼，尘袖浮香，徘徊不忍去。乃折一枝，以碧绡笼之，携与俱西，用慰客中岑寂。然对花忆梦，怅触尤多矣，倚声寄旧雨

倦征程，停车庚岭，梅花照行色。似怜孤客。向水曲山偎，和露轻摘。笼香暗喜轻绡密。相携还数驿。怕此去、别魂愁悴，仙姿无处觅。　乡园几树尚凝寒，天心未肯卓、阳和消息。关塞外，龙沙回，佩环声寂。从今后、绿鬟朱钿，算只有、相思空望极。纵念我、剪枝时寄，途遥何日得。

灯前独自 雨滴寸肠碎，风窗
畔，想像慈颜隐几。伤时感别无寐。
天寒苦念梅花瘦，况是瓣香心事。
千里外。纵按澈、冰弦离恨空盈指。
扁舟可舣。盼待到春来，阴霾销尽，
归去讨文史。

十二

买陂塘

奉寄梅叟师

渺云山、归程何许，依稀一径天际。疑真疑梦思量偏，长叹此行非计。闲徙倚。便插得瓶枝、问与谁相对。更阑迤逦。到枕角凄迷，

月

叶可羲
诗词选

八、诗成留得今宵月

叶可曦

叶可曦（1902—1985），字超农，1925 年考入国立北平艺术专门学校，师从萧俊贤、贺履之诸名家。同年秋在北京拜在京的何振岱为师。工诗词，擅书画，为何氏高足。民国时期执教于厦门、福州多所中学。1983 年受聘为福建省文史研究馆馆员。著有《竹韵轩集》。何振岱赞誉叶氏道："叶生可曦，生长名门，赋禀颖异，能为文赋及古近体诗，尤喜为词。学北宋而去其嚣，近南宋而濯其腻，益以深刻之思、幽窅之趣，远追济南，近驾长洲，无多让也。慧心善心，相承相引，故体立而用自神。"（《竹韵轩词序》）现选其诗 18 首，词 18 首。

1

暮雨

笼树烟云黑，

苔痕倍觉深。

萧萧帘外雨，

打碎绿蕉心。

一

如梦令

雨夜

隔枕几番疏雨，滴碎心头离绪。远梦趁凉声，来作片时欢聚。无据，无据，又被暗风吹去。

2

雨夜

隔雨邻家远，

天涯况友朋。

纸窗无梦夜，

往事集孤灯。

二

浣溪沙　乌石山南阳别墅晚眺

疏柳楼台已半烟，探梅问竹惯流连，投林归鸟比人先。瞑色直通山外寺，夕光犹漏水中天，一枝凉笛梦渔边。

3

访半淞园

一别十经秋，
风光为我留。
小桥连断径，
叠石负危楼。
竹翠和烟湿，
雁声随水流。
名园如隐者，
浊世亦清幽。

三

减字木兰花 西湖夜泛

柳边停楫，积翠生寒衣欲湿。风扫云开，一颗明珠出海来。

高歌长啸，叩遍船舷还自笑。今夕何年，未改豪情十载前。

4

雨中寄道之梅溪

滨海愁多雨，
萧寥困小斋。
泥深将路阻，
草长与阶齐。
竹老梅花瘦，
劳东燕子西。
寒衾无远梦，
安得到山谿。

四

采桑子

幽兰

何因避世来空谷，花树冥冥，日淡烟轻，中有仙人倚晚晴。

东君枉自怜幽独，那识高情，流水今生，曾与湘灵结旧盟。

5

北居忆鼓山

三年别乡国，风物皆非故。
谁云经五岳，群山不足顾。
云气漫深谷，龙身隐复露。
芒鞋趁晓月，蹒跚绝顶路。
眼底几沧桑，怀之未能去。
日暮倚高楼，石鼓今何处。
南望不可即，重海冥冥雾。

五

西江月

海滨

月上潮生岸静，人来虾跃鱼忙。纹风起忒清凉，天际归帆三两。岛树连行隐约，浪花得意飞扬。晚烟去鸟共微茫，一片诗情来往。

6

枕上闻雁

数声嘹唳触离肠，

归雁知人正念乡。

带我五更残梦去，

疏星斜月过潇湘。

六

南歌子

随梅叟师乌山观梅

煖帽青藜杖，凉阶碧藓门。从游细认旧苔痕，一片花光流水夕阳村。

寒泻香仍聚，红深气转温。记从树底几晨昏，开遍夭桃秾李总非春。

7

乌石山探梅

乌山可似孤山胜，

千树横斜水畔梅。

日煖香浮来往路，

春风杖履共追陪。

七

虞美人

杜鹃啼瘦梨花影，带雨春容冷。抛书未忍更焚琴，流水高山，珍重为知音。

逃禅便换沉沉醉，那是忘忧计？月轮天际莫愁孤，好向寂寥南海照明珠。

8

栽竹有感

栽竹当年望长成，

竹成庭院苦多声。

可怜误尽天涯梦，

听雨听风夜欲明。

八

卖花声

丁酉花朝花事寂寞，只有水仙相对

旧梦落谁家？紫隔红遮。芳辰今岁负秾华。宝麝香消金罥冷，静掩窗纱。仙子倦乘槎，带扬裙斜。吟边相对莫兴嗟。珍重烟波来往路，碧海无涯。

9

晴雪

凭高一望但微茫，
霁后楼台尚粉妆。
着地弥漫迷旧迹，
迴风闪烁弄晴光。
虽留泥滓宁伤洁，
应是天花不借香。
别有营邱新画本，
浓云消尽见斜阳。

九

西江月

绝代灵思妙笔，一生茧绪莲心。炉香窗月恁情深，清泪犹疑墨沈。
仿佛湘弦楚瑟，依稀凤哕龙吟。何期旷世有知音，一曲甘州谁审。先师梅叟有题饮水词调寄甘州。

10

秋日偶成

人间岁月去匆匆，
只有青灯味不穷。
帘幕千家垂细雨，
云罗一雁下秋风。
偷闲真欲分阴惜，
习静常如众籁空。
犹是故乡忘未得，
梦回明月冷江枫。

十

南乡子

屧迹渺人间，青鸟衔书日往还。不放桃花随水去，溪湾，春涨朝来有钓竿。采药上层山，松顶烟消鹤梦寒。多少自迷芳草径，空叹，绝好楼台雾里看。

11

月夜泛舟过郑成功故垒

一叶扁舟汗漫游，
微风萧爽似清秋。
楼灯隐约延凉意，
岸笛参差隔碧流。
鹿耳潮声吞旧恨，
鹭江兵气郁新愁。
月明海屿余空垒，
野鸟争巢夜未休。

十一

踏莎行

秋江早发

远岸横青，长空裂碧，西风如剪吹帆急。前山才接后山遥，乡关早是千重隔。烟补林疏，水欺石侧，枫丹不掩荒寒色。可怜晓月更秋江，芦花无恨头先白。

12

壬申中秋前七日马江迎接梅叟师*

秋江一片蒙蒙雨，
佳气如回二月春。
只觉船窗喧笑语，
尽忘客路着风尘。
六年有愿终须遂丙寅别后今六年矣，
今日相逢果是真。
尤喜鲸波千万顷，
海帆无恙送归人。

* 此诗作于壬申（1932）年。

十二

苏幕遮

鼓山纪游

渡闽江，登石鼓，松柏参霄，一径通幽处。才卸肩舆无几步，法苑觚稜，已自云边露。野猿惊，岩鹤怒，尘海年年，旧约何轻负。指点山湾来又去，钟外泉声，摇荡晴天雨。

13

小斋清夜

爱惜新寒自掩门，
旧游如梦静中温。
飞烟古鼎丝丝篆，
写月秋花隐隐痕。
交到琴书无聚散，
我于诗酒有乾坤。
何人解味幽居乐，
欲把风光与细论。

十三

青玉案

山游

看云独倚青山暮，有谁会，登临趣。松籁飕飕如急雨，野禽翻落，似曾相识，故傍人来去。

几株倒插悬崖树，翠叶临风断樵路。检点诗囊追好句，那知已逐，暝烟残照，冉冉无寻处。

14

螺江同蕙愔道之看落日

为酬旧日盟鸥约，
来倚江干夕照天。
波泛余红江树外，
山横薄紫钓船边。
愁看高处轮先侧，
急转平陂影尚圆。
景入黄昏晴更美，
忘归相对各悠然。

十四

长亭怨 酒醒见月作 社集

问何处、飞来凉月，夜静帘虚，酒醒时节。冷透罗衣，露华吹湿半阶滑。钿车人远，凭藓迹，猜步屧。绕院觅秋声，听不断、西风梧叶。　天阔，甚些儿弱梦，越遍云山重叠。光斜雁过，又深碧暗萤明灭。这况味、早是凄清，却还遣、怀人伤别。算故茧残丝，怎似芳心千结。

15

甲申秋晚赠别修明

别离已惯泪仍流，
黯黯相看不尽忧。
几朵浮云成久雨，
数声落叶换残秋。
苔迷小圃偕游地，
愁满寒江独客舟。
此去愿随春意转，
梅花重话旧山楼。

十五

忆旧游

小西湖晚眺，忆杭州旧游

望寥空鸦色，断岸虹腰，倒影荒漪。可有孤山意，绕梅花几树，步屧行迟。待寻碧云旧径，竹外冷苍苔。甚一样湖光，雷峰塔古，偏占斜晖。　沉思，十年事，奈已失清踪，入梦犹疑。未了重游约，问苏堤烟柳，为孰依依。此际闲鸥眠稳，怎与说心期？且片晌临流，遥天暝压渔唱低。

16

书感

原野萧条遍遐迩，
西风更听动悲笳。
空谈纸上兵何用，
醉舞疆边乐未赊。
忧国心伤犹鲁女，
从征气壮愧花家。
书城竟似愁城困，
仰望欃枪枉叹嗟。

十六

绛都春

怀蕙愔申江，因感旧游赋寄

潮声咽浦，算都换、旧家当年栖处。纵有兰成，此日江南怎生赋？吟躯已为多情苦，况独客、重逢秋暮？蓼疏枫老，云颓雨瘦，景光非故。

闲数，襟痕旧晕，笑啼尽省识，几年欢聚。目断碧天，燹气穷边，都悽楚。书来已恨愁难诉。更远近、迷云雁路。剩听乱叶鸣廊，暗蛩絮语。

17

花时忆旧京中央公园丁香

三年不见长安路，覆雨翻云知几度。
一朝冠盖散京华，柏园春冷空朝暮。
丁香万树闲阶列，风舞柔条乱香雪。
佳人隔雾影欲迷，神女凌风心亦结。
宵来人静车尘稀，如水阑干更清绝。
每逢风日忆年时，依稀旧事吾能说。
花前得句叹清新，花下鸿泥惊一瞥。
惊一瞥兮问东风，东风长物原至公，
如何人花有不同。花开容似当年好，
人别颜非昔日红。修教更送京华梦，
月明羞与花重逢。

十七

忆旧游

丁卯春予在鹭江集美学校任教席，假日每乘舟出游，时风姊亦客居鼓浪屿之日光岩

望烟波浩渺，岛屿萦回，水国风光。朔地归来客，爱飘然一舸，闲趁斜阳。俊游却寻鸥鹭，旧约未曾忘向卧虎溪边，斑龙洞里，几度徜徉。回廊，小楼外，傍矗立层崖，俯瞰苍茫。欲写凭高意，奈裁云词笔，愧拟姜张。入梦故悰仍在，重到合堪伤。算远路迢迢，怎能抵得愁绪长？

18

昨梦

昨梦君来招我寻赤松，控鹤直上紫烟峰。
但见千鬟万髻自云出，明霞散绮朝曦红。
珊瑚碧树交绚烂，琼台瑶阁相玲珑。
双成为启黄金阙，玉妃邀宴蕊珠宫。
缓歌慢舞飘仙乐，我颜不醉犹丹枫。
夜卧芝兰室，日游桃李丛。
鸟鸣皆好语，花发长春风。
忽然陵崩谷裂一声响，回首楼台化草莽。
龙蛇走陆双曜昏，天上张罗地施网。
是时君我何处逃，彷徨俯首依蓬蒿。
芒刺在背钳在口，魑魅揶揄山鬼呵。
耽饿虎视，哀哀老猿号。
霎时忽得莲航渡，彼岸登临竟无阻。
依稀渭叟垂钓之水滨，沙净波明逐鸥鹭。
涉江我采芙蓉花，骖鸾君觅吹箫侣。
伤春伤别杜司勋，工病工愁庾开府。
庄生梦里不知身是谁，鸡唱声中栩栩蝴蝶双飞去。

十八

多丽

永安访德愔，游文昌阁，晚丽清招饮

接遥天，深深一径林间。任经秋，叶疏水瘦，依然绿拥门前。指沧桑，他时荒屿，访羁旅，此日仙源。阁甃凝尘，溪湍养雨，耽耽篙眼石头顽。莫轻洒，新亭怨泪，壁画泣仙官。长城外，征旗飘暝，戍角吹寒。怪匆匆，天涯片晌，换来多少悲欢。纵凭高，浮云未卷，待话旧，客意先酸。红蓼江滨，翠灯楼畔，殷勤相劝酒杯干。怕明发，征途霜辙，思冷夹衣单。难听是，病鸿啼野，觅哺丰年。

月

施秉庄
词选

九、霜月阑干还独倚

施秉庄

施秉庄（1902—1986），字浣秋。其父施景琛，近代福州名士，不遗余力办学、参政、保护古迹，造福乡梓。施秉庄早年毕业于国立艺术专门学校，擅写意山水画，并从何振岱学诗词，先后任教于福建省立女子职业学校、福建省立中学、华南女子学校等。受其父亲影响，施秉庄积极参政，任闽侯县党部执行委员、福建省妇女提倡国货委员会的成员。1947 年随夫金树人迁居台湾。著有《延晖楼词》，收入刘荣平编《全闽词》中。另与其姐妹秉端、秉雅合刊有《泉山甲子元旦画册》。其诗未见，现选其词 10 首。

一

浣溪沙

答蕙愔

别意萦回绕暮秋。羡君沧海早归舟。飘萍莫笑水中鸥。

惯是羁栖忘独往。何曾客夜着闲愁。寻常斜月记凭楼。

二

浪淘沙

辛未十月，雨中遇浣桐于延津途次，喜极。君往兰州，临分以手摘词抄见赠，感作

疑梦复疑真。端是斯人。绝欢娱处转酸辛。记得故乡临别泪，犹湿罗巾。

灯火闪江村。雨畔黄昏。了无言语送飞轮。怀袖墨香藏写本，留证心魂。

三

卖花声 秋思

秋晚雁归迟。声坠阶墀。新凉意味夜蛩知。霜月阑干还独倚，越自凄其。

往事耐寻思。似梦偏疑。欢悰多少记年时。欲老秋光弥爱惜，寒菊疏篱。

四

南歌子

晚雨有怀，寄浣桐张掖

萧寂还凭几，黄昏未下帘。夏云一角脱山尖。已是斜阳、和雨画层檐。今夕家园北予家在越山麓，前冬驿路南。送君有泪只深含。留得离痕、不忍浣征衫。

五

南乡子

寄题新竹韵轩

秋回雁天晴。新竹当帘乍展青。中有幽人能宴坐，无声。端正窥窗只月明。　随地足修行。静拥晨香护夕灯。梦到君家申旧约，阑更。枕上云山小画屏。

六

风入松

挈诸生游方广岩，日暮迷路，几不得出，既归志险

秋晴遂有胜游情。结侣作山行。丹枫紫桂纷罗列，带斜阳、画上飞甍。岩洞凌空方广，花宫背石峥嵘。丛篁翳径乱纵横。小队水飘萍。百回遍觅来时路。但仰头、孤月疏星。蛇虺豺狼不管，死生朝暮何凭。

七

水龙吟

剑津旅行，次夕，船窗微雨，感怀步超农赠别原韵

侵舱小雨溟蒙，宵深便觉溪声异。风欺客子，独愁映烛，轻寒依被。岸柝频闻，水程多少，天明还未。记别时意绪，黯然相对，应都在，忘言里。

大地商声休慨。数回头、此情无赖。前欢堪觅，却怜闲恨，如云初坠。何日家乡，绛帷重展，同披书史。感故人志在，千秋事业，敢忘归计。

八

高阳台

客舍有余地，种菊十数亩

剑水南流，徐洋西迤，三年暂寄游踪。刻意寻芳，争如弥望蒿蓬。花开便记家乡好，纵成阴、总是葱茏。费工夫、僻处锄园，聊缀幽丛。

墙隅编个篱笆小，任春华过了，别做秋容。客子年光，含愁似淡还浓。霜深月浅黄昏后，看枝枝、影上帘栊。笑无心、插向疏鬟，妆懒云松。

九

忆旧游

壬申年，独游杭州西湖。遇慧依、一啸于旅邸，惊喜不胜。忽已十年。今慧依客重庆。一啸客永安，余则往返南平故乡间。追思昔游，伤感殊甚

甚年年作客，昔昔怀人，寸迹难忘。当日相逢处，似人来梦里，月出秋旁。片晌虚空桂子，为我落仙香。恁无限欢娱，几生缘会，湖水怎量。　回肠。十年事，叹音书海隔，别恨天长。漫道渝州远，只桃源永安有桃源洞异县，剑水殊乡。剩有镜中人影，萧寺隐疏篁。记断续钟声，南屏古塔流夕阳。

遍阑凭，凝眸处，前江尽白，星
火闪渔灯。　　　伶俜。天际影，
飞过只雁，略不留声。早金焰灭，
檀鼎香轻。身在琼瑶世界，看上
下、一片空明。忘怀也，孤游已惯，
谁道是萧清。

十

满庭芳

延津客夜，霜月交辉，孤坐至明，有作

叶落庭宽，秋高月大，绕屋霜气棱棱。直疑苍宰，移昼作深更。道睡如何睡着，回栏上、百

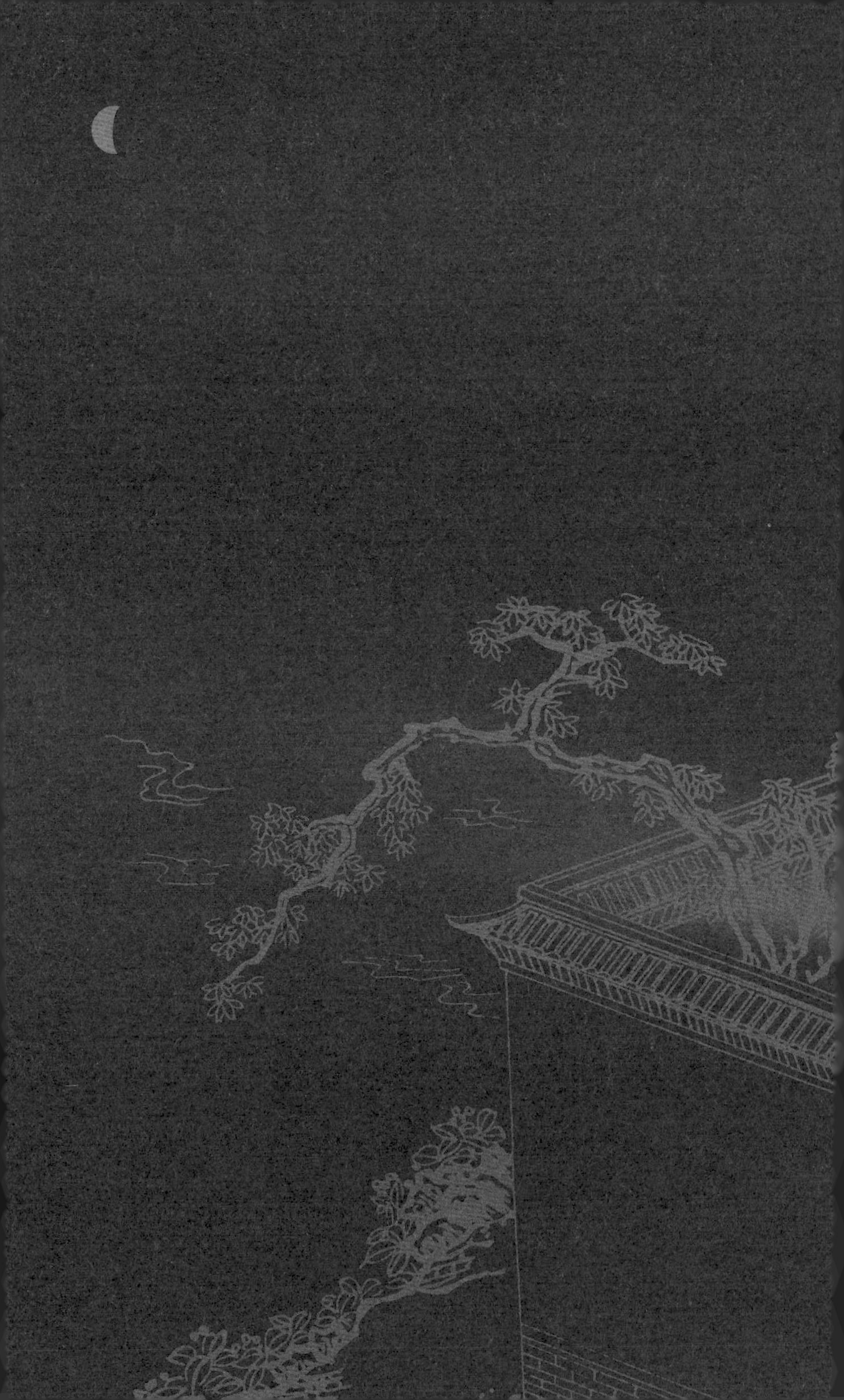

十、月影花光相旖旎

王真

王真（1904—1971），字耐轩，号道真、道元，王寿昌之女，与妹王闲同师从何振岱。后又师从陈衍，多才艺，工诗词文，精于书画琴艺等，誓不嫁人，著有《道真室集》，词名《道真室词》。王真深得陈衍与何振岱的赏识，其个性独立，以善文笔谋职于社会，与民国间闽中时贤名士多有过从唱和，后任中学教师。经十年浩劫，诗词多不留。刘荣平编《全闽词》收有其词。今据《百年闽诗》选其诗 3 首，据《全闽词》选其词 15 首。

1

倚栏

秋削群峰瘦，
云流一水寒。
诗情无限好，
只在倚阑干。

一

赤枣子

夜琴

弦悄悄，夜清清。初调旧谱迸秋声。弹到窗灯花落久，
一帘凉雨洒残更。

2

诣鼓山

高峰随云出，
云积半岩间。
岩亦不隐云，
推云上林端。
林风急吹入，
又向群峰攒。
山云相明灭，
青翠倏万般。
转瞬觉寂寞，
云敛露全山。
山光自掩映，
云影何清闲。
幽人当此时，
默默欲忘还。

二

浣溪沙

水隔山重总别愁。望穷天际雁悠悠。锦书不至况归舟。好竹千竿依旧绿，黄花几掬自家秋。风多日暮莫凭楼。

3

雨中杂作

除却烦忙性自灵，

恍如沉睡得初醒。

小斋夜雨三更后，

不打残荷也好听。

三

点绛唇　梅溪晚望

野外斜桥，四边山色无重数。夕阳烟树。愁绝来时路。
已是凉秋，底用还留住。凝情处。月生南浦。梦逐归潮去。

四

摊破浣溪沙

挑尽残灯罢玉琴。旧愁新恨苦相侵。却理团蒲营独坐，觅初心。欲断仍连烟缕缕，似浓如淡月阴阴。依约涵虚无际处，水云深。

五

清平乐

茉莉

芳苞泫露。冉冉暗香度。纤手量珠曾几许。犹忆冰盘幽贮。

夜阑枕簟生凉。梦回斜月侵床。惆怅隔帘人远，相思空袅钗梁。

六

梁州令

帘外花无数。春寒借重帘护。那知护得是春寒，春愁却被帘遮住。

春愁无个安排处。看镜消眉妩。却拼写入诗句。将愁分与伤心侣。

七

鹧鸪天

己卯重九作

黄满林泉落叶稠。乌山石磴忆前游。佩萸采菊初疑梦，携酒持螯不解愁。

云展幂，月当楼。消沉南北望神州。平原一片伤心景，雁字寥天写晚秋。

八

双调忆江南

甲午春，为惠愔题《春宵闻雁图》※

春宵好，雁语转凄其。掩卷沉吟人不寐，数声嘹呖听还疑。心绪暗弦知。

篱边望，天阔水云低。月影花光相旖旎，泪痕墨沈两迷离。幽绝画中诗。

※ 甲午：此处指1954年，词系为刘蘅的画而题。

九

蝶恋花

木落秋明天际路。陡折斜回，雁也愁难度。便是怀人空有梦。梦中怎得相寻处。欲写荒寒无好句。吟瘦垆烟，只送黄昏去。今夜悬知情更苦。潇潇不断阶前雨。

十

自度曲

去秋闽变※，与诸友相率避于淇园，傍晚闲步，即景聊咏自度曲，并寄怀乐豳楼主

黯淡愁云，怕见江天日午。轧轧机声，天际回旋，那处逃生去。老幼扶携，沿口傍路。斯景怎忍睹。旧亭延伫。忆竹里闲行，花前密语。奈刹那、万种风情，顿成凄楚。定惊魂、托双鲤迢迢，遥把相思细诉。

※闽变：福建事变，1933年11月20日，李济深、陈铭枢、蒋光鼐、蔡廷锴等人以国民革命军第十九路军为主力，在福建福州发动反叛蒋介石的军事行为，另立政权，次年1月15日即被蒋介石派军弹压。参与『闽变』的高层人物出走，十九路军在缴械后被解散改编。

十一

琐窗寒　悼六弟达之

汴水云飞，楚天日远，旅魂何处。清游未倦，断送俊年如许。望征鸿、千丝萦恨，乡心却付东流去。念孤衾病馆，风霜凄楚，有怀谁诉。　延伫。最难度。正别浦灯深，群山雾暮。联襟唤酒，仍旧榕城俦侣。恨西风、荒草自春，茕茕玉树归尘土。凭沉吟、梦绕池塘，洒泪幽窗雨。

十二 解连环

送蕙愔之沪

暝将愁积。看云阴若坠，野宽当夕。正戍角、声已难听，忍还见风江，黯然天色。橘渚藤山，记曾共、花茵苔席。叹今番去也，不比从前，咫尺愁隔。

冥蒙海程望极。料穹庐卷汉，霜灯欺客。恁满眼、断壁颓垣，只林际春申，水犹拖碧。一片沧桑，尽收入、消沉吟笔。待飞鸿、寄将近讯，蛮笺共劈。

吟。纵对萧、也难自禁 更深
戌鼓声沉。残烛耿、旧罗衾。记惊
尘拂面，蛩啼乱碛，鹤唳空林。冒
寒趣车荒巷，只归梦、绕窗琴。侭
不愁、俊游虚度，却愁青女，何事
华鬓寒侵。凄损寸心。

十三

紫萸香慢

戊寅重九感事

倚高楼、画帘初卷，晓光渐敛遥岑。问东篱消息，待携酒、共登临。正是无风无雨，甚垂天云意，做尽秋阴。掩牛山恨泪、都付与幽

十四

望海潮　旅况

星芒摇曳，笳声断续，江城一味凄迷。零露凋秋，狂飙沸海，茫茫那处言归。烟路趁微曦。正寒深岸苇，翠减苔衣。愁掠西风，怕看山外片帆飞。

谁能客里相依。但青溪邀影，纤月窥帷。蕉阁咏诗，梅窗索画，年来事事都违。沽酒认村旗。叹凭高还忆，莼老鲈肥。无限乡心，暗灯回梦到更迟。

十五

瑞龙吟

浣桐归自连城，数日别去，复有兰州之行

垂杨岸。凄断雾渚霜汀，锦舟难挽。连城愁隔天涯，那堪此去，金城更远。

最依黯。归来匝旬旋去，欲留怎款。生怜驹隙光阴，骊歌叠唱，匆匆聚散。

遥念关河行役，客心先逐，山回川转。多少驿亭风烟，都入诗卷。秦楼话旧，相对吹箫伴。应回忆、乡园共咀，莼羹菰饭。

况味从今换。酒斟戍酿，歌听塞管。带也双心绾。长盼着、南来归鞍休晚。早消别绪，任凭书懒。

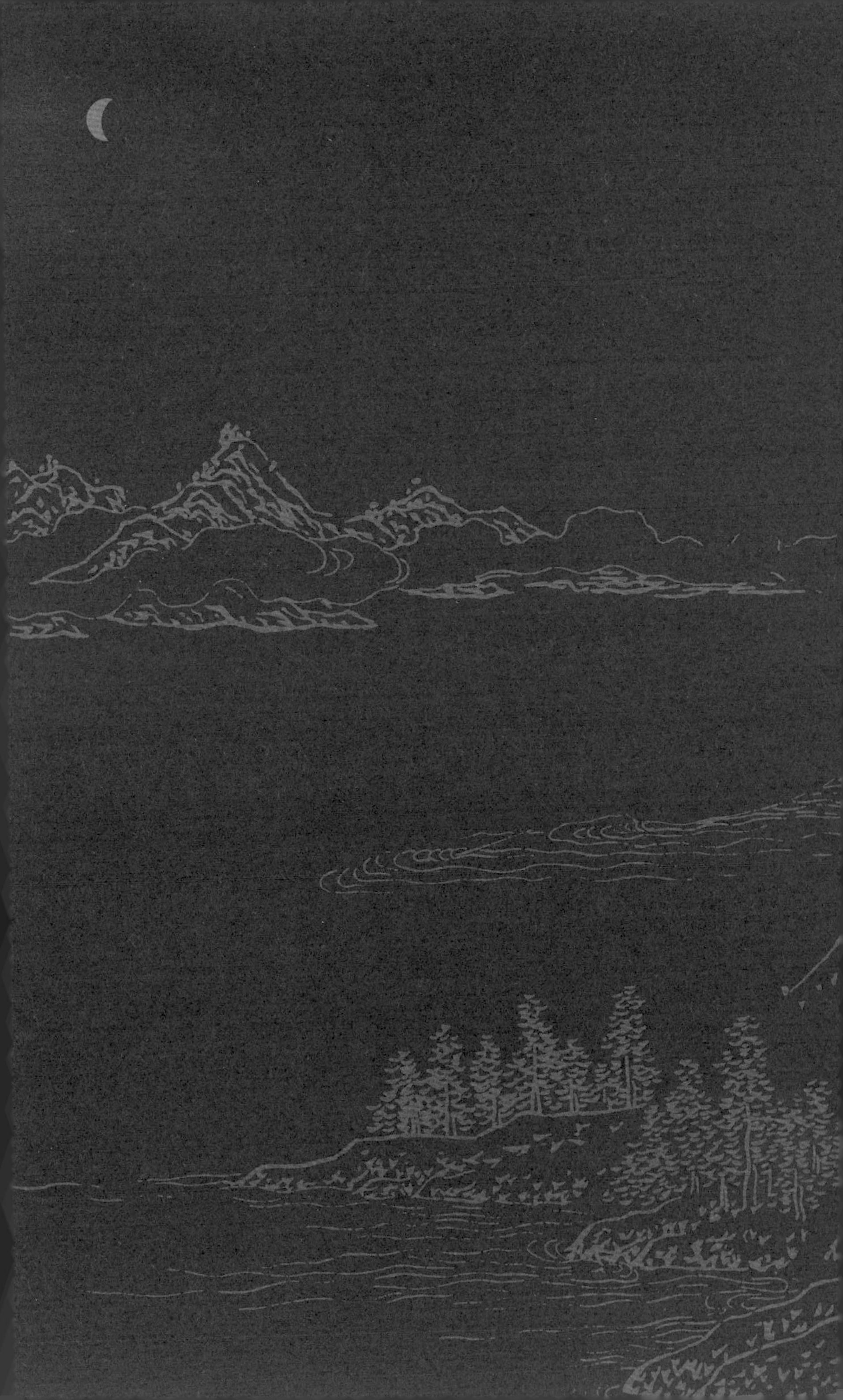

十一、海月风涛袭衣袂

洪璞

洪璞(1906—1993),字守真、守贞,从何振岱学,无职业。其夫李氏任职于海关,其二弟洪履是瞿秋白的女婿。其庐号璞园,在福州仓山,曾是红军活动的据点,后迁居城内三坊七巷中。著有《璞园诗词》,另纂有笔记《暑窗杂录》。现选其诗2首,词5篇6首。

1

种松

园林数亩半方圆，

花鸟迎春小洞天。

恨少泉声清俗虑，

故栽松树作潺湲。

一

如梦令

多少游怀频阻。独倚阑干幽处。池馆感春深，叶绿花红莺语。凝伫。凝伫。人隔无边烟渚。

2

春云

出岫无心为底忙，

飘罗散绮佐春光。

终朝不雨知何意，

酿作轻阴护海棠。

二

清平乐　茉莉

冰姿玉洁，点点凝香雪。不管骄阳威焰烈。韵致依然幽绝。

风吹枕簟生凉。花光月色盈床。缥缈诗魂萦梦，耐人寻味偏长。

三

临江仙　客鹭江，忆西湖旧游

又是一年春过半，依然客里风光。清明时节倍思乡。遥怜湖上月，清影幂秾芳。　绕岸垂杨应更好，花前谁共壶觞。飞虹桥畔记徜徉。湖山虽远隔，归梦自悠扬。

四

洞仙歌（二首）

柴门昼闭，隔尘嚣无计。懊恼心情总难置。恨西风、岁岁都愁来，朝复暮，聒耳虫声凄切。夜深眠未熟，遥忆当时，海月风涛袭衣袂。不觉过华年，鬓已星星，沧桑换、壮游难继。叹驹隙、光阴恁无情，应好养心花，更开灵穗。

中宵梦醒，步庭前花影。虫鸟无声月光静。素馨开、彷佛兰蕙芬芳，人意好，忘却霜寒露冷。当时滨海住，楼倚层空，旦夕烟波万顷。看堆雪惊涛，照月平沙，任多少、客愁都净。笑破浪乘风犹存，便暗换年华，未消豪兴。

五

满庭芳

菊

雁阵横空，蛩声吟甃，夕阳红透东篱。无边秋色，旧梦缭新诗。素羡渊明高蹈，平生趣、此意谁知。阑干倚，幽香盈袖，瘦蝶影依依。　春时。来剪插，修除灌溉，着意扶持。渐花光一片，不负心期。及此重阳佳节，良朋聚、小醉吟卮。人虽老，还邀淡月，相与伴宵迟。

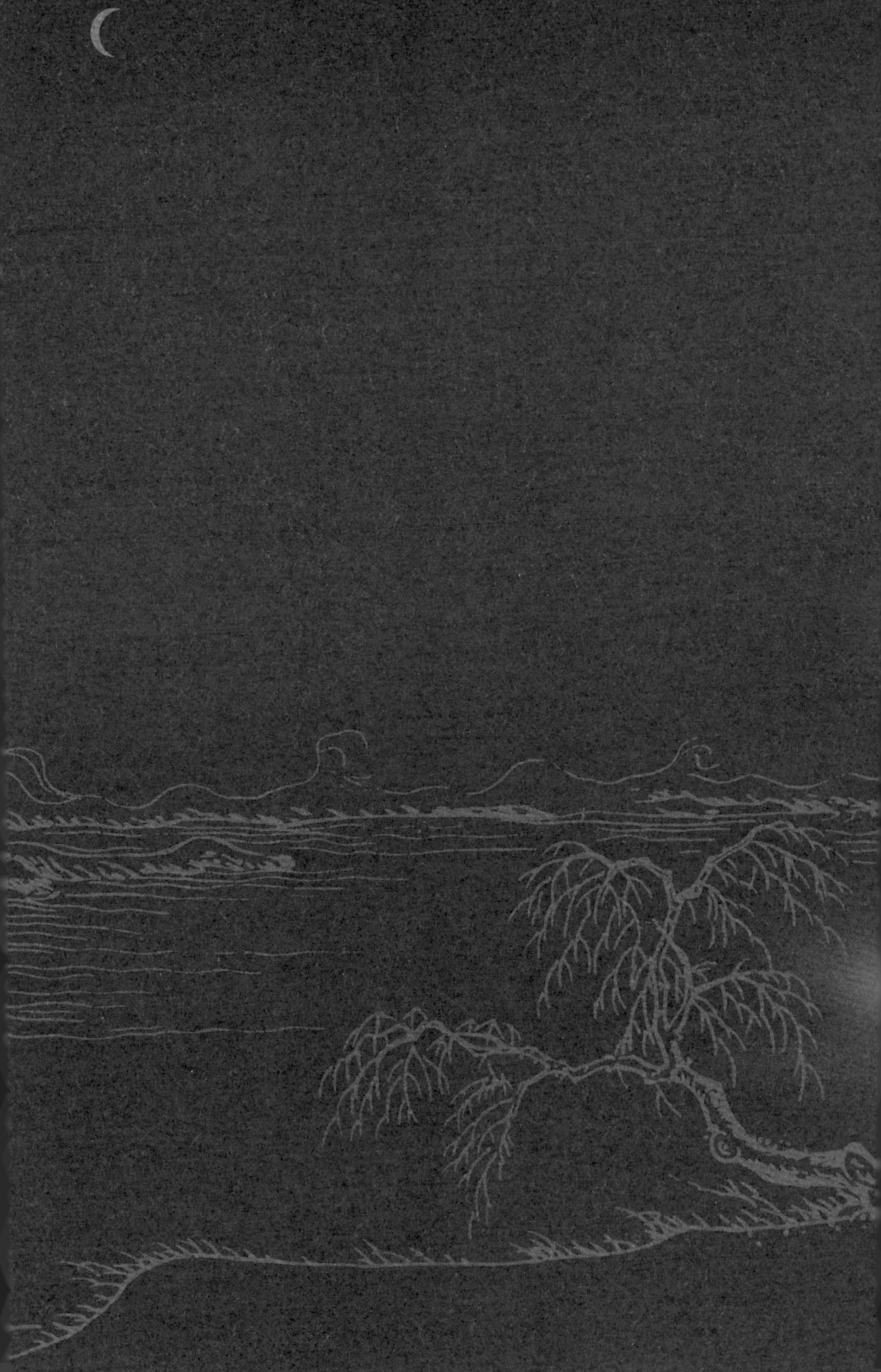

月

王闲
诗词选

十二、只剩初心对月明

王闲

王闲（1906—1999），字翼之，号坚庐，近代名士、翻译家王寿昌（与林纾合译《巴黎茶花女遗事》）之女。早年毕业于北京培华女子中学，与其姐王真都从学于陈衍、何振岱。1929年在上海与何振岱的次子、留法归国的何知平（1901—1995，一名维澧，字谨之）结婚，婚后随夫旅京近二十年。1958年在家乡福州西湖宛在堂作画，1959年在福州市美术工厂绘图谋生，1982年受聘为福建省文史研究馆馆员。王闲工诗擅画，有《味闲楼诗词》等，陈衍在《石遗室诗话》中云："坚庐诗闲适自喜，专学陶、韦。"陈曾寿（仁先）序其诗词云："古体尤趣博味永，风骨遒上。其长短句无纤巧轻倩之语，亦无近人堆砌晦涩之习，有白石之清雅、易安之本色，词中可贵之品也。"其女何琇编有《王闲诗词书画集》。现选其诗26首，词12首。

1

晚

群鸟归飞尽，

连村起暮烟。

乱山吞落日，

暝色欲浮天。

一

山渐青

山雨流。涧雨流。流到诗人心里头。灯青凉影秋。
忆前游。话前游。又是月明花满楼。酒醒怎遣愁。

2

登绝顶峰

我是浪游客，
来登百尺巅。
树青争匝地，
江白欲吞天。
境旷心随淡，
凭高意杳然。
当时王子晋，
笙鹤已登仙。

二

减字木兰花

忆梦

恍然相遇。绕遍西湖湖畔路。欲话衷情。好处偏怜近五更。

窥窗月静。漠漠轻寒依菊影。一枕新愁。化作楼前一片秋。

3

晚步东郊

随意出门去，
迟迟野外行。
孤村斜日淡，
高岭片云轻。
溪鸟连山没，
林花隔水明。
那堪幽绝地，
更听暮蝉声。

三

减兰连日骤雨，盆中玫瑰花尽谢

花柔叶细。过了三春开更丽。骤雨喧阶。忍见红英点绿苔。分怜惜。泥上香魂心上迹。百匝庭前。谁识闲愁一缕牵。

4

小室

静居何处是，
筑室水云间。
江出重重树，
帘开面面山。
琴书作佳伴，
花鸟结深欢。
莫笑生涯拙，
心身自在闲。

四

忆秦娥

送云回赴申

天涯聚。为何又向天涯去。天涯去。万千离恨，临分难诉。

君行我怅燕台住。漫漫重海愁烟树。愁烟树。春随人远，梦来无据。

5

冷泉亭

最是消愁地，
苍崖抱一亭。
小泉闲细细，
高柳静青青。
草径晓光敛，
花庭春色醒。
我来得晴赏，
回首谢山灵。

五

武陵春

癸卯花朝，湖畔桃花盛开，招修明共赏

枯遍湖梅春不管，桃李任争妍。百树珠玑璨烂天。芳径好留连。

倾囊谋向花前醉，莫被世情牵。有侣清游便是仙。何必叹华颠。

6

秋夕偶成

桂香菊影满斋头，

一种风光百种愁。

盼到月圆诗思好，

此心又绕故乡秋。

六

虞美人

柏园看丁香

映空如雪千株静。缓步怜纤影。枝头浥露曳清风。一片浮光照眼万尘空。

芳心百结为谁瘦。烟锁黄昏后。几丝香绕月痕寒。镇日沉吟不负好阑干。

7

有感

连天风雨酿深秋，

夜月团圆水自流。

白骨如山犹惨战，

清光何忍照征魂。

七

临江仙

乙未七月十三晚守真约小西湖泛舟

山抹斜阳蝉语静，柳阴乍舣轻舟。清歌浅醉且消愁。满湖凉月色，无际碧云秋。可是仙槎来往路，依稀星影横流。藕花香里晚风柔。鱼龙原寂寞，乌鹊漫啁啾。

8

中秋望月寄怀九妹

依稀好景故乡秋，

满眼旌旗倦倚楼。

安有吟情闲对月，

偏怜月不解离愁。

八

唐多令

秋感

依样旧窗光。书焚砚亦荒※。甚闲居、碌碌堪伤。篱菊似知人意懒，开璨烂、索吟章。

怎忍负重阳。持螯聊举觞。爱月来、烛影移廊。静向梦游寻妙境，尘世事、暂相忘。

※ 此词作于1967年左右，『文化大革命』焚书之际。

9

月夜

望极孤村暮霭收，

茫茫夜气欲成秋。

分明一片江心月，

化作天涯几许愁。

九

祝英台近

梦初回，帘半卷，月影湿苍翠。几阵清风、悄悄引花睡。却忆剪烛西窗，琴边絮语，静中领、深秋滋味。旧天气。天了旧夕青灯，便有新愁思。甚日重来，共醉前游地。都将千里离情，几年幽恨，分付与、一炉烟细。

10

夜读

朦胧月色凄清夜，

撼树西风似怒涛。

掩户何因愁独坐，

一灯相伴读离骚。

十

念奴娇 冰花

朔风吹雪，正晓寒、料峭重门深闭。静坐未曾嫌寂寞，赖有冰花映几。叶镂银蕉，根舒琼树，写尽玲珑意。寻常窗牖，为谁闲缀幽致。

莫是翰海芳魂。初回故国、还把新妆试。淡白天然真画本，蝶梦也应惊起。做弄春光，描摹月色，映我炉边醉。金乌休掠、冷痕留伴吟思。

11

登楼

黯淡春江日欲沉，

高楼西角独登临。

青山回绕闽州地，

不断天涯万里心。

十一

意难忘

凉夜闻茉莉花香感作

闲坐深房。爱湘帘垂地，庭树生凉。轻花舒嫩蕊，玉碗点清霜。人意静、离愁长。奈旧事难忘。向夜阑，风轻月淡，更着思量。

遥怜此际家乡。正幽兰初茁，佳荔新尝。有诗消好梦，不酒醉浓香。无限景、隔殊方。凝望海迷茫。叹几年、边声朔气，渐渐损容光。

12

闻蝉

未秋何事语酸辛，

高洁应知遁世尘。

碧海斜晖莲影畔，

年年愁煞异乡人。

十二

八声甘州

丙辰重阳，同谨之、宁儿、腾婿小西湖石台登高，并观菊展

怅无情逝水送华年，世事几移迁。又残荷宜雨，平波漾镜，景物堪怜。似菊幽人初别，晚眺更萧然。望里湖天暝，愁入轻烟。

却喜儿曹共赏，觅淞园旧梦，只在篱边。笑黄花依样，诗客已华颠。奈平生、厌喧娱寂，任如潮、游袂涌花前。红灯爍、倦筇归路，林月初悬。

13

宛在堂作画

画堂愁听雨声喧，

满径残红昼掩门。

山树都消烟霭里，

湖天何处著春魂。

14

听泉

千岩万壑咽龙湫，

彻夜潺潺不肯休。

好洗耳根凭净水，

竟如清露沁心头。

15

壬子中秋夜同谨之玩月

庭树萧疏夜色清，

黄花帘畔酒同倾。

离愁都逐浮云散，

只剩初心对月明。

16

松

不为风霜损绿阴，

深藏空谷自甘心。

只因劲节难谐众，

唯与诗人伴苦吟。

17

残春

漫掩离骚咏鶗鴂，

阑干倚遍夕阳红。

山园狼藉花开后，

春在深林莺语中。

18

万松冈

千叠青山万叠松，

风光尽付一闲侬。

旧梦浑忘谁唤起，

斜阳啼鸟寺楼钟。

19

德愔三姊北来欢晤数日，喜甚作此

风云到处起尘埃，
此日苍生倍可哀。
锦字忽如天上落，
故人疑自梦中来。
绕松话旧吟千遍，
对月言欢醉几杯。
藉悉乡情消远念，
双眉深锁为君开。

20

岁暮感怀寄示菊存

百年世事几沧桑，
遍地疮痍更可伤。
驹隙佳时宜爱惜，
灯边旧梦莫思量。
燕梅开透宣炉暖，
画烛红飘福橘香。
客里屠苏聊痛饮，
舒怀共迓好春光。

21

挽陈仁先丈

海上书来曾几时，
忽闻噩耗费惊疑。
围炉犹记聆清诲，
论画常凭启妙思。
事业名山原不朽，
襟怀霁月有谁知。
萧条落叶西风里，
愁读遗编旧月词。

丈有《旧月簃词卷》。

22

哭翁大人（壬辰）*

如山崩圮断人肠，

爱子离旁更可伤。

时谨之因公外出。

庭际梅枯花有兆，

床头书乱病难忘。

平生令德留遗稿，

数载家园侍举觞。

慈霭音容从此杳，

灵前空有泪千行。

* 壬辰：这里指 1952 年，何振岱卒。

23

访叶向高故宅※

山游阴雨厌缠绵，
胜地徘徊慕昔贤。
竹翠环廊幽入画，
花香绕洞静宜禅。
盛名岂独乡人颂，
遗迹宁随异代迁。
却信英灵终不泯，
锄园移石却惊天。

俗传叶公园池下藏有宝物，某年将浚池，忽雷电交加，因作罢。

※ 叶向高（1559—1627），福清人，明代著名政治家，万历、天启年间两度出任内阁首辅，遏制阉党势力，晚年请辞归乡，居省城福州朱紫坊芙蓉园，自号“福庐山人”。

24

闲咏

谁识幽人俗虑轻，
萧然一室有余清。
看花常减尘中念，
对竹如逢物外身。
情似白云随处静，
心如好月就中明。
世间自有修行地，
莫慕山居石隐名。

25

湖游后和敦良

胜地欢游物外天，
归来风日正暄妍。
都将佳景消吟笔，
仍剩闲身对七弦。
清梦共留空水里，
别情尽在落花边。
更添滋味君知否，
夜夜思君听雨眠。

26

感时

兵氛频年成郁结，嗟尔苍生何悲绝。
饥鸿遍野惨不舒，流戍边城更悽切。
胡笳数弄坠层云，征旗百里扬飞雪。
塞月侵衣黯可怜，朔风吹面肌欲裂。
白骨成山血如雨，敌人奋战意犹烈。
孰开远衅肇胚胎，坐看涂炭空忧惙。
我今羁客留异乡，不缘避地移轻装。
世上桃源无觅处，浮生那得安乐方。
跂望升平新气象，直如雾里窥春光。
欲从人事决否泰，定将天理分玄黄。
闭门我自有我趣，何必狂歌学楚狂。

编后记

己亥（2019）岁末，承海峡出版发行集团副总经理林彬女史美意邀约，由我编选近现代福州才女诗词集，并从速命人与我签订了出版合同。本以为可在寒假，轻车熟路，编选此集，不意口祸天降，庚子硕鼠，毒疫殃民，武汉封城，国难当头，心绪恶劣，历月余难以静心完成此编。十余年来，卢美松、陈庆元、林公武、刘荣平、卢为峰、连天雄等诸先生皆有功于闽都才女资料的收藏、整理与研究，为此集成编帮助甚大，特此致谢！

十二才女或历清，或经民国入共和国。彼等或亲历戊戌变法失败之家国惨痛，或目睹甲午战败、庚子事变等国难，或遭逢抗日烽火颠沛流离，或身陷十年浩劫之困厄，其人其诗其词可窥百年中国之痛史。呜呼！天何醉耶？“孤城尽日空花落，三户无人鸟自啼”（唐刘长卿句）。前尘新影，堪叹“香月都成消损事”！（何曦句）夜深人静，痛郁于心，唯祈疫情早除，民困得纾。是为记。

散木林怡于福州白马河畔平心斋

2020年（庚子）2月25日

星期二凌晨1点35分

图书在版编目（C I P）数据

依然明月照高秋 / 林怡著 . -- 福州 : 海峡书局 ,2021.6

ISBN 978-7-5567-0774-4

Ⅰ . ①依… Ⅱ . ①林… Ⅲ . ①古典诗歌–诗歌评论–中国–清后期 Ⅳ . ① I207.227.52

中国版本图书馆 CIP 数据核字 (2020) 第 260415 号

出 版 人：林　彬
策　　划：林　彬
责任编辑：魏　芳
书籍设计：张志伟

依然明月照高秋
YIRAN MINGYUE ZHAO GAOQIU

编　　选：林　怡
出版发行：海峡书局
地　　址：福州市白马中路 15 号海峡出版发行集团 2 楼
邮　　编：350004
印　　刷：雅昌文化（集团）有限公司
开　　本：889mm × 1194mm，1/32
印　　张：10.75
字　　数：100 千字
版　　次：2021 年 6 月第 1 版
印　　次：2021 年 6 月第 1 次
书　　号：ISBN 978-7-5567-0774-4
定　　价：88.00 元

ISBN 978-7-5567-0774-4